「沉眠於聖域的古代記憶……今晚，就由吾等將其解放……」

「……死亦為鬼雄。至今思項羽……不肯過江東……」

（「神祕強者亂入讓一切不了了之」作戰開始！）

「戴爾塔很擅長狩獵的說。」
戴爾塔
_Delta
「就讓妳們徹底後悔與教團為敵一事吧。」

"The Eminence in Shadow" was the one for me.
That's all about it.
The Eminence in Shadow
阿爾法
_Alpha
「你……看到什麼了嗎……？」
伊普西龍
_Epsilon
The Eminence in Shadow

「你的眼前有一名手腳都被銬住的美女。」
「……」
奧莉薇
_Olivier
歐蘿拉
_Aurora
The Eminence in Shadow

安妮蘿潔
_Annerose
「放棄吧……你這樣會死喔。」
「你有見過外貌與我神似的精靈族人嗎？」
貝阿朵莉絲
_Beatrix

「倘若妳仍有
繼續戰鬥的
意志……
我就賜予妳吧。」
「擁有那股
力量的話，
闇影
_Shadow
The Eminence in Shadow

我就能
改變未來
了嗎……？」
蘿絲・
奧里亞納
_Rose Oriana
The Eminence

I can't remember the moment anymore.
Yet, I had desired to become "The Eminence in Shadow"
ever since I could remember.
An anime, manga, or movie? No, whatever's fine.
If I could become a man behind the scene,
I didn't care what type I would be.
Not a hero, not an arch enemy,
but the existence intervenes in a story and shows off his power.
I had admired the one like that, what is more,
and hoped to be.
Like a hero everyone wished to be in childhood,
"The Eminence in Shadow" was the one for me.
That's all about it.

The Eminence in Shadow

02

我想成為影之強者！

逢沢大介 作者
東西 插畫

02

我想成為影之強者！
Kadokawa Fantastic Novels

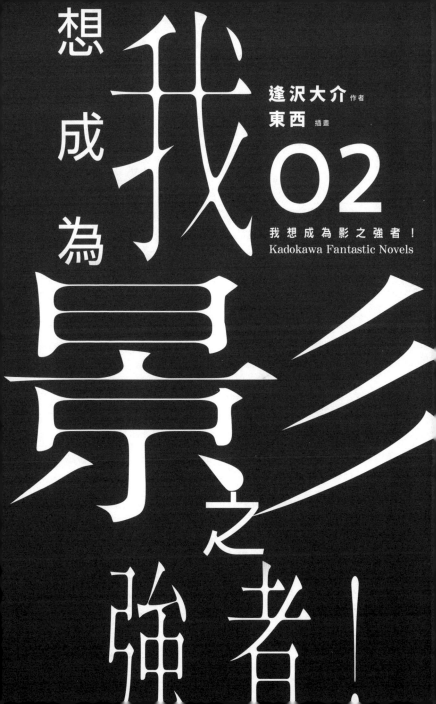

Not a hero, not an arch enemy,
but the existence intervenes in a story and shows off his power.
I had admired the one like that, what is more,
and hoped to be.
Like a hero everyone wished to be in childhood,
"The Eminence in Shadow" was the one for me.
That's all about it.

The Eminence in Shadow

I can't remember the moment anymore.
Yet, I had desired to become "The Eminence in Shadow"
ever since I could remember.
An anime, manga, or movie? No, whatever's fine.
If I could become a man behind the scene,
I didn't care what type I would be.

前往聖地林德布爾姆吧！

The Eminence in Shadow
Volume Two
Prologue

序章

契機是阿爾法捎來的一封信。

裡頭只寫了這樣的短短一句話。

『沒事做的話，就到聖地來吧。』

就只有這樣。

因為學園多半的建築物都被大火燒燬，而提前迎來暑假的我，確實可說是閒到發慌的狀態。

再加上，依照過往的經驗，接受阿爾法的邀約後，接下來通常都有樂趣滿載的事情在等著我，所以，在收到這封信的隔天，我便動身前往聖地。

聖地林德布爾姆。

其實，我從前曾經造訪過聖地一次。那是這個世界最普及的宗教「聖教」的聖地之一。傳說女神蓓兒忒莉絲將自身的力量傳授給英雄，而聖教便是將這樣的蓓兒忒莉絲當成唯一神祇信奉的宗教。

如果從學園坐馬車前往聖地，需要花上四天的時間。

位於國內又意外距離學園很近，是這個聖地的優點。

我原本在考慮要卯起來一路衝刺到聖地，還是乖乖地像個路人角色那樣坐馬車前往，最後，我堅持初衷選擇坐馬車。想維持路人形象的話，從日常生活的小地方開始做起，可是很重要的——就像這樣，我自許甚高。

我現在很想痛毆過去的自己一頓。

早知道就用跑的過去了。只要趁著夜晚高速衝刺，馬上就能抵達聖地。

因為沒有這麼做，現在，我正在和學生會長蘿絲·奧里亞納搭乘同一輛馬車。

豪華、寬敞又舒適的這輛超高級馬車裡頭，就只有我和蘿絲兩人。坐上廉價馬車抵達驛站附近的小鎮時，在那裡和我偶遇的蘿絲，主動邀請我和她搭乘同一輛馬車。

我回絕了。

雖然回絕了，但在王族權威的壓力下，我還是乖乖坐上她的馬車前往聖地。

蘿絲表示，目前聖地似乎在舉辦某個名為「女神的考驗」的活動，而她受邀擔任那場活動的貴賓。

所以，阿爾法八成也是找我去觀摩那場「女神的考驗」吧——我一邊這麼推斷，一邊聽著蘿絲的發言。

然而，我中途開始變得聽不懂她在說什麼。

「席德，像你這般勇氣可嘉的青年，可不能因為那樣的事件而賠上性命呢。」

她帶著溫柔的微笑這麼說。呃，我只是個路人角色，所以不會有勇氣可嘉這回事，而且不知為何，蘿絲現在直接用名字叫我……雖然有很多想反問的事情，但這些都還在我的理解範圍之內。

「得知你幸運生還的那天，我感受到了命運的指引。我相信，我們是受到了世界的祝福，現在才能像這樣和彼此說話。」

到這裡我開始聽不懂了。我原本就不相信什麼命運安排，也不懂她所謂受到世界祝福是什麼意思。我比較傾向對世界比中指的那一方。

「我們想必會走上布滿荊棘的道路吧。那是一條不會被任何人祝福及認可的道路。」

妳剛剛才說我們受到世界的祝福耶。

「不過，在過去接收了女神力量的那名傳說中的英雄，儘管是平民出身，仍獲得了莫大的財富和響亮的名聲，最後甚至迎娶大國的公主為妻。雖然荊棘之路走起來令人痛苦難耐，但我相信只要能順利抵達終點，那裡必定會有幸福的未來在等著。」

這是聖教的教義之類的嗎？把英雄這種極為罕見的例子挑出來洗腦一般老百姓，感覺很像宗教的手法。

「只要順利通過這次的『女神的考驗』，就能在荊棘之路上跨出一步。我也能向父王提及勇氣可嘉的青年存在。」

是嗎？能夠通過「女神的考驗」的那名青年，真是個幸福的人啊。

「我們一起一步步走完這條荊棘之路吧。踏出的每一步，都會讓兩人之間的愛變得更加深厚而堅定。」

就像是兩人三腳那樣吧。互助合作的精神啊……感覺很像聖教的教義呢。

「雖然現在還無法對任何人訴說，但我們就為了幸福的未來一起努力吧。」

「說得也是。」

看到蘿絲對我伸出手，我也伸手和她握手。儘管搞不太懂宗教的理念或教義，但我同意為了幸福的未來而努力。幸福很重要呢。不是別人的幸福，而是我的幸福。

蘿絲熱切的眼神，以及她微微出汗的掌心，讓我湧現了想跟她稍微保持距離的念頭。我不打算否定她的宗教信仰，但要是我們的信仰心差異太大，相處起來可能會挺吃力呢。由懷抱同等熱忱的人一起努力，才是能讓大家都得到幸福的理想做法。

「今天天氣真好呢。」

我從馬車窗戶眺望外頭晴朗的藍天和翠綠的草原，然後這麼開口。想迴避麻煩的話題時，改聊天氣就對了。

「就是呀。陽光看起來很強烈，外頭想必很熱吧。」

蘿絲也跟著望向窗外這麼說。

馬車內部不會直接被陽光照射，但仍是足以讓人稍微出汗的溫度。蘿絲白皙頸子上的汗珠泛著閃閃光芒。優雅的蜂蜜金色豎捲髮隨風搖曳，淺色的雙眸因刺眼的陽光而瞇起。

接下來的好一段時間，我們都在聊天氣和學園的事情，也經常為了想話題而沉默下來。

沉默也有不同的種類。大致上可以分成讓人心情平靜的沉默，以及讓人坐立不安的沉默兩種。

在兩人獨處時，為了找話題而形成的沉默，基本上算是後者，但我其實不討厭這樣的沉默。因為，明白彼此都是為了找話題而沉默下來的話，反而會讓人會心一笑。

更何況，如果只有兩個人長時間坐在馬車裡頭，會聊到沒有話題可聊也理所當然。想要反抗這種情況而做的無謂努力，最為讓人會心一笑。

在經歷不知是第幾次的這種沉默後，蘿絲主動祭出了這個話題。

那是在午後的陽光開始西斜，同時逐漸染上橘紅色的時候。

「前陣子發生的那起事件，恐怕並不單純。」

「嗯？」

遠方的夕陽倒映在蘿絲的雙眸之中。

「自稱『闇影庭園』的黑衣人集團跟自稱闇影的那名男子，或許是來自兩個不同的組織。」

「妳為什麼這麼想？」

「因為雙方展露出來的劍技截然不同。黑衣人集團所使用的劍法，看起來全都源自一般常見的流派。然而，闇影和他麾下的女子使用的劍法卻完全不一樣。那是我至今從未見識過的、全新流派的劍法。」

「這樣啊。」

「我已經將這件事告知米德加王國的騎士團了。雖然我也向他們說明過『黑衣人集團和闇影是對立的兩派勢力』，但在騎士團日後發表的事件報告中，黑衣人集團和闇影仍被視為同一個組織，而且，報告中並沒有足以讓人接受這種判斷的充分理由。所以，我想那起事件必定有什麼蹊蹺。」

「會不會是妳想太多了？」

「倘若只是我想太多，倒還無所謂。可是，如果不是我多心……如果米德加王國誤判了敵人的真實身分……恐怕就會有駭人的災禍降臨於世吧。奧里亞納王國也會針對這方面展開調查，請你也多注意自己的安全喲，席德。」

我以點頭的方式回應她。

蘿絲也帶著柔和的笑容向我點點頭。

「馬上就要抵達驛站小鎮了。我會安排你住在我隔壁的房間。」

「不，不用了。我自己找便宜的地方過夜就好。」

「不可以，這麼做太危險了。當然，我會替你支付全額住宿費，請你無須在意。」

「不不不，這麼做太不好意思了，請讓我回絕吧。」

「不會不會。我們都已經是這樣的關係了，請不用客氣。」

最後，我被迫入住一晚要價三十萬戒尼的最高級旅館房間。在高級餐廳共享晚餐後，蘿絲領著我去逛街購物，替我挑選了整套時髦的穿搭，又一起去賭場小玩了一下，才返回旅館休息。想當然耳，無論去到什麼地方，她接受的都是王族等級的待遇。房間的床鋪相當柔軟，也有附設浴室，住起來舒適無比。

享受了上述的種種之後，我的支出卻是零戒尼。當個寄生有錢人的路人角色，或許是最理想的生活方式。只要能對她有些宗教狂熱的言行睜一隻眼閉一隻眼的話，或許有列入考量的價值。

兩天後，我們在白晝的時段抵達了聖地林德布爾姆。

外觀十分壯麗的聖教堂，建造在某個像是把山岳切割出一小塊而成的地形上，下方則是一整片以白色為主色調的城鎮景致。貫穿城鎮中央的主要通路，其中一頭和聖教堂的長長階梯相通，眾多觀光客在此往來穿梭。

一如往常地在高級餐廳用過午餐後，我和蘿絲一邊走在主要通路上，一邊只看不買地眺望路邊攤的商品。

我瞥見了造型類似龍纏繞在一把寶劍上的小巧裝飾品。看到這種日本觀光景點常出現的紀念品，我湧現了「不管是哪個世界，這種地方或許都大同小異」的感想。不過，在這個世界，纏繞在寶劍上的不知為何不是龍，而是看起來相當不祥的一隻左手。我好奇地拿起來端詳。

「你喜歡這個嗎？」

「嗯，覺得有點好奇。為什麼每個都是做成左手的造型啊？」

蘿絲探頭望向我拿在手上的土產。妳這樣肩膀整個貼過來很熱耶。雖然這裡是氣溫相對涼爽的高原，但現在畢竟是夏天啊。

「這是英雄奧莉薇的劍和魔人迪亞布羅斯的左手。傳說在過去，英雄奧莉薇曾在這塊土地上砍下迪亞布羅斯的左手並將其封印。就在那個地方。」

蘿絲所指的方向，是比聳立在長長階梯盡頭的聖教堂更遙遠的地方。

「那座陡峭的山峰上，有個被稱為聖域的遺跡，據說迪亞布羅斯的左手便是被封印在那裡。雖然是童話故事的內容就是了。」

蘿絲帶著微笑繼續往下說：

「這種土產很受男性歡迎呢。」

「我想也是。不好意思，我要買一個這個。」

我買了一個當作給尤洛的土產。三千戒尼雖不算便宜，但這筆金額再怎樣我也打算自己負擔。

至於賈卡，他在我出發前，曾塞了一張土產清單給我。因為覺得很麻煩，我還沒看內容。把土產塞進口袋裡後，我們繼續悠哉地走在街上。從身旁走過的觀光客，以及路邊攤招攬生意的活力，讓人感覺莫名懷念。

這時，蘿絲突然拉住我的手。

「那是夏目老師的簽書會！我是她的超級書迷呢！」

她拉著我走向一個人潮洶湧的地方。這裡感覺像是書店的外頭，但我沒看到任何類似店家招牌的東西。

「那個，我可以過去排隊嗎？雖然可能會花上一點時間……」

蘿絲抬起雙眼，以央求的眼神這麼詢問。

「妳去吧，我會等妳。」

「好的！你要不要一起請老師簽名呢，席德？」
「我就不用了。」
蘿絲買了一本平鋪在架上的書後，便加入排隊等簽名的人龍之中。
沒事做的我，在一旁隨意拿起一本著作翻閱。
『我是龍。還沒有名字的龍。』
這完全是抄襲吧。
不對。一定是擁有相同知性氣息的文豪，奇蹟似的在這個異世界誕生了而已。我試著轉換心情，然後拿起其他本著作。
《羅米歐與裘麗葉》。
這也是照抄。另外還有……
《魔履奇緣》。
《小赤帽》。
甚至還有幾本將好萊塢電影、漫畫或動畫改編而成的小說。看到這裡，我終於明白了。
除了我以外，似乎也有從地球轉生到這裡來的人。
我買了一本書，然後也加入那個夏目老師的簽書會行列之中。
總之，先看看對方是什麼樣的人物吧。
思考該如何對應的同時，隨著隊列慢慢前進，我看到了夏目老師的身影。她披著斗蓬，所以看不太清楚，但應該是一名女性沒錯。

一頭動人的及肩銀髮、像貓咪那樣的藍色雙眸，再加上一顆淚痣。釦子扣得很低的襯衫，以及坦露在外的深邃鴻溝。

「那傢伙在搞什麼啊？」

不可能看錯。那個夏目老師是我相當熟悉的人物。我揉了揉眉心搖搖頭，打算悄悄離開等待簽名的人龍。

「那邊那位先生，你要去哪裡？」

我沒能順利離開。儘管只有分秒之差，對方還是早一步發現了我的存在。

我直接被帶到夏目老師的面前，和這名有著銀色髮絲的美麗精靈面對面。沒錯，她就是我再熟悉不過的那名精靈。

是貝塔。

「請把你的書放在這裡。」

我將手上的書遞給朝我微笑的貝塔，裝作不認識她的樣子。

看著她以熟練的動作在書上簽名，我忍不住想問一件事。

「有賺到錢嗎？」

我以十分細微的嗓音開口問道。

「還可以。我的名氣很順利地慢慢傳開了。」

原來如此。這傢伙也是這樣啊。

她也利用我的知識來發大財嗎？

以前，我曾把自己前世聽過的故事告訴貝塔。發現她似乎很喜歡文學創作後，我懷著「那麼，就讓她以我前世聽過的故事為基礎，看能不能寫出什麼帥氣的自創作品吧」的心情，把那些故事告訴了貝塔。沒想到她竟然完全照抄，還藉此大撈一筆。

貝塔，我真的對妳太失望了。

我以冰冷的視線俯瞰貝塔，從她手中接回簽完名的書。

「以貴賓的身分受邀至此的我，可以趁這個機會，將內部情報做某種程度的擴散。我把詳細的計畫內容都寫在書上了。」

在我離去的前一刻，貝塔輕輕啟唇這麼表示。我們在目光沒有交會的狀態下分開。總覺得這樣好像什麼間諜電影的橋段，真不錯呢。

我對妳刮目相看嘍，貝塔。

離開店內後，在外頭等待我的蘿絲，不知為何帶著喜孜孜的表情。

「席德，你果然也喜歡夏目老師的作品嗎？」

「不，我是……」

「我明白。因為女性書迷比較多，所以你不好意思說出口，對不對？不過，其實只是會來參加這種活動的書迷，以女性居多罷了。老師的男性書迷也很多喲。」

「噢……這樣啊。」

「夏目老師的魅力，果然是來自她那無止盡的創造力呢。全新的故事、嶄新的世界觀，再加上魅力洋溢且擁有令人耳目一新的價值觀的登場人物。」

在這個世界，那些故事想必是全新、嶄新又令人耳目一新呢。

「戀愛、懸疑、動作、童話、純文學——精通所有領域的老師，打造出一個個彷彿出自於完全不同人之手的故事。這種多樣化的表現，正是老師的作品能夠擄獲人心的理由。」

因為原作真的是由完全不同的人寫成的啊。

「請看看我收到的簽名。我請夏目老師寫了我的名字呢。」

蘿絲這麼說，然後攤開她手上的書。上頭有著她的名字，以及夏目抄襲老師的簽名。

對了，貝塔說她在我的書裡寫下了詳細的作戰計畫來著？我跟著翻開自己手上那本書，然後發現——

「這是……古代文字嗎？」

探頭窺探的蘿絲發問。

「好像是呢。」

我一個字都看不懂。

「妳看得懂嗎？」

「不。古代文字是一門相當艱澀的學問，我也只懂得皮毛而已。而且，這段文字的表現方式，看起來比傳統的古代文字又更活潑一些，就算直接解讀，恐怕也無法明白其中的意思。」

「哦～」

但這種像是暗號的感覺很帥氣呢。因為我已經放棄學習古代文字了，總覺得有點嚮往。

「不過，老師為什麼會在你的書上留下古代文字呢？」

「因為這樣很帥氣啊。」

「這樣很帥氣嗎？」

「嗯。」

「原來男性會喜歡這樣的東西呀。」

隨後，我們入住了當地最高級的旅館。因為蘿絲還必須去跟一些高層人士打招呼，於是我和她分開行動。

我們現在還是同學的關係，所以無法把你介紹給他們認識——蘿絲這麼表示。她所謂「還是同學的關係」是什麼意思啊？是打算之後將我攬為信徒嗎？

很遺憾的，我並不打算過度深入特定宗教。倘若真的有這麼一天到來，那也只會是我本人成為教宗的時候。

我喜歡的東西很少、討厭的東西也很少。因為，世上大多數的東西，都被我歸類在「無關痛癢」的類別裡。

儘管如此，我還是會產生好惡的感情。就算是不重要也不必要的東西，喜歡的就是喜歡，討厭的就是討厭。即使理性可以劃分清楚，但感性不見得能做到。

我將這些東西命名為「無關痛癢但還算喜歡的東西」，以及「無關痛癢但覺得討厭的東西」。

溫泉便是我「無關痛癢但還算喜歡的東西」之一。

在前世，我有一段時間完全不曾泡澡。因為當時的我就連泡澡的時間都嫌浪費。不過，畢竟還是得以普通的路人形象來過日子，所以我每天會花三分鐘沖澡，捨棄泡澡這種浪費時間的行為，把節省下來的時間用於修練。

那陣子的我，剛好正在面對「人類」這種物種的極限，也就是陷入了走頭無路的困窘之中。我當時甚至認真構思要以右直拳將核彈打飛。

在那之後，又發生了很多事。終於發現自己腦袋不太正常的我，又重新拾回泡澡的習慣。而讓我選擇這麼做的契機正是溫泉。泡在熱水裡，可以讓情緒舒緩放鬆。而這樣的放鬆效果，有助於提昇修行的品質，讓我的思緒變得活絡，進而湧現「尋找魔力或氣場的來源」這樣的想法。

因此，我現在泡在溫泉裡。

林德布爾姆同時也是一處溫泉名勝。得知這一點的我，其實一直暗中期待這裡的溫泉。現在是一大清早。我喜歡早上去泡溫泉。雖然我也會在晚上泡，但還是偏好在早晨享受。原因在於早上人比較少，甚至有可能讓我一個人包場。

今天，我也是懷抱著「運氣好的話，說不定有機會獨占整座浴池」的想法而踏入這裡，但似乎被某個跟我擁有相同想法的人捷足先登了。不幸的是，這個捷足先登的人是亞蕾克西雅。

將一頭銀白色長髮盤起來的亞蕾克西雅，一瞬間瞪大她的緋紅雙眸望向我。但下一刻，我們兩人都別開了視線。

在這之後，我們以互不干涉、當作彼此不存在的態度享受溫泉。這裡是達官顯要專用的溫泉，考量到一般情況下，會在清晨來泡澡的人不多，這個時段的浴池採男女混浴制。我泡在寬廣的浴池裡，飽覽下方的雲海和日出的動人景致。要是可以獨享這一切，就更沒話說了呢——我一邊這麼想，一邊享受溫泉與朝陽的洗禮。

在最適合觀景的露天溫泉池裡，我和亞蕾克西雅各自占據一邊的角落，在尷尬的沉默中眺望旭日東升。

視野一角，亞蕾克西雅白皙的肌膚有了動作，水面跟著掀起漣漪。

雖然很可惜，但還是早點出去好了——在我這麼想的時候，亞蕾克西雅率先打破了沉默。

「你的傷勢不要緊了嗎？」

她以比平常更輕的嗓音這麼問道。

「都已經痊癒了。」

妳所謂的傷勢，是指哪時候的事情啊——回答的同時，我在心中暗自這麼想。

「我當初一時氣急敗壞，結果就這樣揮刀砍了你。幸好你還活著呢。」

「謝謝喔。」

原來妳是在說那時候的傷勢啊——我這麼想。

好歹也跟亞蕾克西雅相處過一段期間的我，明白她是在以自己的方式向我賠罪。我原本以為她的身邊缺乏能夠好好教導她何謂賠罪的人，但看來這似乎就是亞蕾克西雅一貫的賠罪方式。

「針對把妳視為隨機殺人魔一事，我也向妳道歉。」

在一陣水聲後，我的側臉被溫泉打濕。

「我怎麼可能去隨機殺人呀。」

「這很難說啊。不過，妳怎麼會在林德布爾姆？」

「我是『女神的考驗』的受邀貴賓。你呢？」

「朋友找我來的，說是這裡會舉辦很有趣的活動。她指的應該就是『女神的考驗』吧，妳知道這是在做什麼的活動嗎？」

我聽到亞蕾克西雅的嘆息聲。

「你連這是什麼活動都搞不清楚就跑過來了呀。所謂『女神的考驗』，是在聖域大門一年一度開啟的日子舉辦的決鬥大賽。古代戰士的記憶會在聖域被喚醒，挑戰者必須和這些古代戰士的記憶對決。只要事前提出申請，任一名魔劍士都能夠參加，然而，古代戰士不見得會因應每一名參賽者現身。每年都有數百名魔劍士前來參加這個活動，但最後，真正能夠和古代戰士對決的，大概只有十個人左右。」

聽起來挺有趣的。阿爾法八成也打算參加吧。

「不知道他們是以什麼樣的標準來篩選對戰者的。」

「聽說是看有沒有適合挑戰者的古代戰士存在。被選出來的古代戰士，似乎多半都是實力比挑戰者更強一些的人物，所以這場大賽才會被稱為『女神的考驗』。大約在十年前，一名叫做維諾姆的流浪劍士召喚出英雄奧莉薇一事，在那時成了相當熱門的話題。」

「哦～那他贏了嗎？」

「聽說是輸了。不過，畢竟我沒有親眼目睹，所以也不清楚真相究竟為何。就連被召喚出來的到底是不是奧莉薇本人也無從得知。」

「哦～」

換成阿爾法的話，她能夠召喚出英雄嗎？如果可以的話，感覺會很有看頭。

「妳不參加啊？聽說妳最近變強了不是？」

「不參加。我今年有很多事要忙呢。這裡的大主教有些不好的傳聞，我前來擔任貴賓，有一方面也是為了監察他。」

「不好的傳聞？」

「我不會說的。想知道就加入『緋紅騎士團』吧。」

「我放棄。」

「畢業後就加入吧。」

「我放棄。」

「我會替你把入團申請書寫好交出去。」

「給我住手。」

「你真頑固耶。」

至此，我們的對話停了下來。

就這樣，我們又維持了片刻的沉默。氣氛變得沒有一開始那麼尷尬了。

視野一角的亞蕾克西雅又有了動作。她一雙修長的腿浮上水面，讓一圈圈的波紋擴散開來。

「我原本以為你會仔細地打量我，但看來是猜錯了。」
她並沒有具體說出是打量什麼。
「妳還真有自信耶。」
「像我這樣百分之百完美的存在，總是得承受周遭充滿慾望的視線，很辛苦呢。」
嘴上這麼說，我看妳在這方面還挺開放的啊。
「泡溫泉的時候，我會避免盯著別人看。這是為了讓彼此都能放鬆享受。」
「很不錯的心態呢。」
「所以，也能請妳不要一直偷瞄我的王者之劍嗎？」
「噗！」
亞蕾克西雅笑出聲。感覺是打從心底把我當笨蛋。
「你說那是王者之劍？不對吧，應該是蚯蚓呀。」
「妳覺得是蚯蚓也無妨。對我來說，是蚯蚓或王者之劍都無所謂。不過，給妳一個忠告吧。」
說著，我站起身。伴隨著嘩啦啦的水聲，水面掀起了陣陣漣漪。
「凡事不能只看表面。被妳視為蚯蚓的那個東西，或許只是尚未出鞘而已。」
語畢，我大剌剌地轉身走出浴池。
「這……這句話是什麼意思啊……」
臉頰染上一片紅潮的亞蕾克西雅開口。

「出鞘的聖劍，將會解放純白的刀刃，踏上前往渾沌樂園的旅程……」

我拋下這句彷彿有著深遠含意的發言，把濕毛巾迅速從胯下甩向後方，「啪」地一聲打在屁股上。

我很喜歡泡完溫泉的大叔經常會做的這種行為。沒有什麼特別的理由。只是因為我覺得離開浴池後，如果不做這個動作，好像就沒有泡過溫泉的感覺。啪啪！我一共用濕毛巾甩了自己的屁股三下後，才走進更衣室。

換穿好衣服之後，我聽到浴池裡傳來毛巾拍打身體的啪啪聲。

溫暖的橘黃色燈光，為莊嚴的大教堂染上幻想的色彩。

一名美麗的金髮精靈獨自佇立在這座大教堂之中。身穿漆黑小禮服的她，以一雙藍色眸子凝視著英雄奧莉薇的石像。

名為阿爾法的這名精靈，宛如在黑夜中泛著皎潔光芒的一輪明月。

「吾等只是渴望得知真相。」

她像是在對奧莉薇的石像說話那樣開口。

「英雄奧莉薇，妳在這個聖域做了什麼？愈是深入歷史的黑暗面，真相和謊言愈是錯綜複雜。」

阿爾法邁開步伐，腳下的高跟鞋跟著發出清脆聲響。她聽著在大教堂內部迴響的這個悅耳聲音，朝著在大理石地面擴散的那片鮮紅靠近。

「大主教杜雷克。你隱瞞了什麼？倘若還能開口的話，真希望你回答我。」

在大理石地面擴散的紅色物體，是鮮血和肉塊。一名身形臃腫的男子被大卸八塊，已經沒了氣息。

阿爾法踩著高跟鞋的腳步。在那灘血跡上停了下來。白皙的雙腿從長度落在膝蓋上方的裙襬探出。

「你是遭到何人殺害？地位如此崇高的你，竟然會被當成棄子殺死？」

氣絕多時的大主教瞪大的雙眼，透露出死前那段駭人的體驗。他的負面傳聞多到甚至蔓延到王都，阿爾法原本也打算在近期展開相關調查。然而，在她採取行動前，大主教便慘遭封口。

「明天，吾等會靜待聖域大門敞開的那一刻到來。」

朝英雄奧莉薇的石像瞥了一眼後，阿爾法轉身準備離去。

在大教堂外頭尋找大主教的人聲，現在離入口大門愈來愈近了。

但阿爾法毫不在意，直接打開大門離開大教堂。

高跟鞋發出的喀喀聲逐漸遠離，取而代之的是群起湧進教堂裡的教會聖騎士。

在那裡發現大主教遺體的他們，沒有半個人言及金髮精靈的存在。他們甚至對自己剛才與她錯身而過一事渾然不覺。

只有染血的高跟鞋足跡，在潔白的大理石走廊上向外延伸出去。

前夜祭這天的夜晚，我站在林德布爾姆的鐘塔上頭俯瞰下方。

基於明天就是舉辦「女神的考驗」的日子，前夜祭的氣氛熱鬧非凡。主要通路上擠滿了並排的路邊攤，照明用的燈光也宛如一條小河那樣綿延不絕。

蘿絲似乎是去參加在聖教堂裡舉辦的宴會了。再怎樣她也沒有找我一同參加。就算邀請我，我也會婉拒就是了。

我感受著自己的髮絲被晚風揚起，然後露出微笑。

我最愛這種站在高處俯瞰街道或人群的情境了。倘若時間是夜晚、自己俯瞰之處正在舉辦什麼活動的話，就更理想了。

「開始了嗎……」

沉醉在這種氣氛之中的我開口輕喃。

「這就是……他們所做的選擇嗎……」

語畢，我犀利地瞇起雙眼。

「既然如此，就與其抗爭吧。」

下個瞬間，我變換成闇影的模樣。

「吾等不會允許這樣的情況發生……」

我躍向夜空，在漆黑大衣的下襬高高揚起之後落地。
這裡是和前夜祭的喧囂人聲有一段距離的某條暗巷。眼前有個以面具遮住臉孔的男人。
我一直盯著鬼鬼祟祟地從聖教堂逃出來的他。或許是小偷之類的吧。
不對。他身上傳來些許血腥味。
那麼，是強盜嗎？
「你以為自己逃得了嗎……？」
面具男朝後方退了一步。
「夜晚為世界蒙上一層陰影，成就出吾等棲身的世界……」
面具男拔劍出鞘。
「在這個世界，無人能夠脫逃。」
面具男舉起手中的劍與我對峙。
我沒有拔刀，只是靜待那一刻的到來。
在面具男準備揮劍的那個瞬間，他的頭顱突然飛向半空中。
我沉默著觀看這一切發生，等待那名女子從屍體後方現身。
「許久不見了，吾主。」
這麼開口後，在我眼前單膝跪地的女子名為伊普西龍——亦即排行第五的「七影」成員。
伊普西龍拉下戰鬥裝束的覆面，抬起頭仰望我。她是有著宛如澄澈湖水的髮色，以及顏色比較深的雙眸的精靈族。

美女有很多種類型，伊普西龍算是美得很高調的那種。一雙大眼加上高挺的鼻梁，構成她亮眼的臉蛋，另外，她的身材也十分吸睛。每走一步便波濤洶湧。無論是男是女、對她有沒有興趣，想必目光都會被伊普西龍的身影給奪走。不過，我知道她的小祕密。

「妳以斬擊砍下他的腦袋嗎？真是出色。」

「屬下倍感光榮。」

雙頰泛紅的伊普西龍微笑著回應。聽在某些人耳中，她凜然的嗓音或許會給人一種壓迫感。但我並不討厭她宛如鋼琴音色的聲音。

在「七影」之中，她的魔力控制能力最為縝密。一般情況下，魔力在離開肉體後，就會變得難以駕馭，但伊普西龍卻能巧妙控制這種情況下的魔力。從遠處以魔力釋放出斬擊，是她的拿手絕活。

她有著「縝密」的別名。

自尊心很高、性子也很烈的她，在面對我的時候態度十分溫順。雖然容易遭人誤會，但她是個以前每天都會親自替我泡紅茶的好孩子。此外，伊普西龍還有著會嚴守組織上下關係的個性，因此她總是很坦率地遵從阿爾法的指示。

我跟她真的許久不見了，其實也有很多話想聊，然而，我從伊普西龍散發出來的氛圍察覺到，她現在處於「闇影庭園」模式之中。

也罷。既然如此，我就表現出相符的態度吧。

「那個『計畫』進行得如何？」

伊普西龍微微蹙眉。她想必是拚命在構思我說的「計畫」的設定吧。
「目標被教團的『行刑者』解決了。我們收拾了他的部下，但『行刑者』本人目前則是下落不明的狀態。」
「哦……」
祭出行刑者這種設定啊。品味還真不錯。
「我們會將『計畫』變更為第二種。」
也就是「計畫A行不通所以換計畫B吧」這樣的模式吧。
「無妨。不過，妳應該明白吧……？」
「屬下早已做好覺悟了。無論是與教會為敵，或是成為惡名昭彰的存在……」
「我會以我的步調行動。可別搞砸了……」
「是！」
以眼角餘光看到伊普西龍朝我低頭致意後，我消除自身的氣息，以「透過高速移動消失在黑暗中」這樣的演出離開。

Not a hero, not an arch enemy,
but the existence intervenes in a story and shows off his power.
I had admired the one like that, what is more,
and hoped to be.
Like a hero everyone wished to be in childhood,
"The Eminence in Shadow" was the one for me.
That's all about it.

The Eminence in Shadow

I can't remember the moment anymore.
Yet, I had desired to become "The Eminence in Shadow"
ever since I could remember.
An anime, manga, or movie? No, whatever's fine.
If I could become a man behind the scene,
I didn't care what type I would be.

一章

享受「女神的考驗」吧！

The Eminence in Shadow
Volume Two
Chapter One

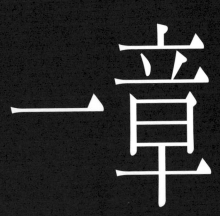

真讓人看不順眼。
亞蕾克西雅在心中這麼咕噥。
坐在貴賓席上的她，正在遠眺即將舉行的「女神的考驗」開幕典禮。坐在這排貴賓席上的人依序是夏目、亞蕾克西雅和蘿絲。雖然後排還有許多其他貴賓，但主要貴賓是這三人。雖然可以看出主辦單位想打美女牌來招攬觀眾的企圖，不過，就先撇開這點不管吧。
讓亞蕾克西雅看不順眼的有兩個人。
第一個人。
目前站在會場中心，以一副高高在上的態度致詞的代理大主教涅爾森，讓她十分看不順眼。亞蕾克西雅昨天和他商討大主教遇害一事時，涅爾森堅決不讓她調查相關事件。
既然監察對象已經死亡，這件事自然也就告一段落——涅爾森道出的這句蠢話，踩中了亞蕾克西雅的地雷。監察對象死亡的話，就更有必要深入調查整起事件了啊，白痴——儘管亞蕾克西雅以十分婉轉的說詞表達出這句話的意思，涅爾森仍堅持如果要進行調查的話，她必須重新取得許可。
就算現在火速趕回王都，也必須花上三天時間。要重新等許可下來的話，最快也要一個星期。接著花三天返回林德布爾姆，把許可證提交給涅爾森後，不知道又得花上幾天等他受理完畢。雖然受理時間得視他的心情而定，但亞蕾克西雅判斷自己至少得痴痴等上一個星期。想當然耳，在她忙著一來一往的這段期間，關鍵證據八成都會被湮滅。

然而，身為一國代表的亞蕾克西雅，也不能不由分說地展開調查。除了自己的祖國以外，聖教同時也是周遭諸國信仰的宗教。倘若她強行展開調查，這樣的行為有可能會受到周遭諸國抨擊，最重要的是，還會讓她失去民眾的支持。和自己站在同一陣線上時，宗教是一種相當方便的手段；然而若是出現在敵營，就會變成難以對付的燙手山芋。

亞蕾克西雅怒瞪著興致勃勃地演講的代理大主教涅爾森，在內心咒罵「你好歹也為逝者默哀一下吧，死禿驢」。不過，大主教遇害一事，其實現在尚未對外公布。順帶一提，涅爾森確實是個禿頭。

亞蕾克西雅嘆了一口氣，轉動眼球瞄向身旁的那個什麼夏目老師。

第二個讓她看不順眼的人，就是夏目。

她優雅地坐在亞蕾克西雅身旁的座位上，以笑容回應民眾熱烈的歡呼聲。她有著銀白色的美麗髮絲、像貓咪那樣的藍色眸子，以及讓標緻臉蛋越發惹人喜愛的一顆淚痣。

夏目以無懈可擊的動作微笑、揮手、低頭鞠躬，以她美麗的外表和舉手投足間的高雅氣質，讓民眾的人氣聚集在身上。

看著這樣的她，亞蕾克西雅湧現了「也太做作了吧，這女人」的感想。

雖然不知道夏目是不是什麼千年難得一見的天才小說家，但直到今天之前，亞蕾克西雅壓根沒聽過她的名字。這或許跟她對文學沒有半點興趣的個性也有關，但身為公主，亞蕾克西雅多少讀過幾本有名的著作。所以，夏目應該是最近才開始嶄露頭角的新人作家。

不過是個新人就有著宛如王者的氣度、從容不迫的一舉一動以及絕高人氣，未免也太可疑了。

這不是嫉妒。真要說的話，應該是同類相斥的一種情感。

在民眾面前，亞蕾克西雅會表現得無可挑剔。她壓抑自己的本性，一直扮演完美無缺的公主至今。居上位者多少會配合自己的身分地位，維持與其相符的個人形象，但完全扼殺真我，完美地扮演出另一個自己的人，可是少之又少。而愈能夠徹底扼殺真我的人，其背後想必也愈是工於心計。

「感謝各位的支持～」

看著回應民眾歡呼的夏目，亞蕾克西雅在內心「嘖」了一聲。

嗲聲嗲氣的有夠噁心。襯衫前面開得那麼低，也太做作了。別故意彎下腰強調乳溝啦，婊子。在那邊開心嚷嚷個什麼勁啊。

在內心這麼惡毒咒罵的同時，亞蕾克西雅仍一如往常地帶著笑容向民眾揮手。

然而，跟夏目相比，為她歡呼的嗓音明顯少了幾分熱度。亞蕾克西雅的臉頰抽動了一下。接著，她做出雙手抱胸的姿勢，將自己的雙峰集中托高，然後上半身微微往前傾。

民眾的歡呼聲變大了一些。

只有一些些。

算……算了，因為我今天穿的不是低胸上衣，所以這也無可奈何嘛——亞蕾克西雅坐回椅子上這麼說服自己。

她朝右邊瞥了一眼，發現蘿絲帶著一臉幸福洋溢的笑容。從今天早上開始，她就一直是這副德性。

保險起見，亞蕾克西雅也朝左邊瞄了一眼。

下個瞬間，她看到了。

看到夏目揚起單邊嘴唇嘲笑她的表情。

亞蕾克西雅的腦中有某種東西「啪嘰」一聲斷裂開來。

真讓人看不順眼。

扮演成小說家夏目的貝塔在內心這麼低喃。

讓她看不順眼的只有一個人，就是坐在右邊座位上的亞蕾克西雅．米德加。她以公主兼同學年友人的立場，接近貝塔敬愛的主君，是如同害蟲一般的女人。

以噁心的嗲聲嗲氣取悅民心，帶著做作的笑容朝民眾揮手，扮演出人民心目中理想公主形象的這個女人，實在太虛假了。這種平常表現得盡善盡美的女人，私底下絕對城府深不可測。貝塔壓根不覺得她敬愛的主君會被這種低俗的女人騙走，然而，凡事總有個萬一。

就算這樣的事情沒有發生，這個女人也是完全不適合放在貝塔所撰寫的《闇影大人戰記完全版》之中的絆腳石。

發生公主綁架事件時，聽到是闇影大人親自將這個女人營救出來，貝塔簡直氣炸了。被營救出來的人選應該是我……不對，是因為……這種低俗的女人，竟然有臉勞駕闇影大人出動。我是為了這樣的事實憤怒，可不是在嫉妒。

為了壓抑內心的怒氣，貝塔把闇影大人搭救的人物，改寫成有著銀髮藍眼和一顆淚痣的可愛精靈族，然後一直反覆閱讀到半夜。

不過，倘若這個低俗的女人今後再次出現在《闇影大人戰記完全版》的故事裡，事情就嚴重了。無論是能力、美貌，或是對主君的熱切心意，理應都是自己占上風才對，為什麼這個低俗女人偏偏能嶄露頭角？開……開什麼玩笑啊。

貝塔一邊在內心狠狠咒罵這名低俗的公主，一邊半自動地回應民眾的歡呼聲。

她往右側瞄了一眼，剛好發現身旁這名低俗的公主，正試圖以強調自身那對低俗雙峰的方式來取悅民眾。

啊啊，真是噁心。

而且，公主的尺寸看起來明顯比自己小很多。是普通大小。

連這種地方都贏過她了嗎……貝塔低頭俯瞰那道令她自豪的深邃鴻溝，「噗」地笑出聲來。

哎呀～是不是被她聽到了？

貝塔佯裝不知情的樣子撇過頭，但在這個瞬間，她的右腳突然傳來一陣劇痛。

「好痛……！」

她忍住驚叫聲往下看，發現亞蕾克西雅的鞋跟狠狠踩在自己的右腳上。

貝塔按捺著心中幾乎要迸裂出來的某種情緒，冷靜地開口表示：

「亞蕾克西雅大人，那個……能請妳移開妳的腳嗎……？」

亞蕾克西雅淡淡地看了貝塔一眼，以彷彿此刻才發現自己踩到人的態度移開她的腳。而且，她不但沒有道歉，甚至還「噗」地笑了一聲。

這個臭三八啊啊啊啊啊啊啊啊啊啊啊啊啊啊啊啊！

貝塔憑藉著對敬愛的主君和「闇影庭園」的忠誠心，拚命壓抑住幾乎失控的情緒。

她狠狠咬牙。

貝塔的唇瓣開始滲血。

一旁的蘿絲仍是一臉幸福洋溢的微笑。

我在觀眾席上懶洋洋地看著「女神的考驗」的活動舉行。

現在還是大白天，活動才剛開始，還在致詞、貴賓介紹和開場遊行的階段。作為重頭戲的「女神的考驗」，在日落後才會正式開始。

我現在的立場，是坐在觀眾席上的一名平凡的路人。看著在貴賓席上感情融洽地坐在一起的少女三人組，我嘆了一口氣。

好想做點什麼喔。

好想做點很像「影之強者」會做的事情喔。遇到這麼盛大的活動，什麼都不做，只是甘於當一名路人，可是無法被容許的行為。

要說最常見的做法，大概就是偽裝自己的身分去參加「女神的考驗」了吧。

就是展現出壓倒性的實力，讓眾人驚嘆「那傢伙究竟是何方神聖？」的那種發展。

如果是淘汰賽的話，這麼做應該會很有趣，但這場大賽採用的是個人單賽制。此外，根據我的調查結果，想隱瞞真實身分參賽恐怕很有難度。我也想過突然亂入大賽的做法，但又覺得這用在更重要的戰鬥中會比較恰當。

在我思索該怎麼做的同時，活動仍持續進行著。

沒辦法了。我絞盡腦汁一直思考到昨天，都想不出什麼理想的計畫，理所當然也不會突然在活動當天靈光乍現。我懷著半放棄的心情，決定以一名路人的身分享受這場活動。異世界很少會舉辦這種大型的活動，所以我意外還滿樂在其中的。而且還有人開賭盤，我因此小賺了一筆。

待夕陽西沉，重頭戲「女神的考驗」終於開始了。絢爛的燈光打亮整座會場，競技場的地板緩緩浮現古代文字的圖樣。

泛著白色光芒的古代文字，呈半圓形向外圍擴散開來，會場裡也開始歡聲雷動。

挑戰者踏進半圓形的空間裡頭後，聖域便會召喚出與其相匹配的戰士，然後開始對決。一旦對決開始，在其中一方陷入無法戰鬥的狀態前，在這個空間外頭的人無法進行任何干預。似乎也有人因此喪命過。

對於想維持路人形象的我來說，必須一直戰鬥到倒下為止，也是讓人猶豫要不要參賽的因素。畢竟這樣一來，我的實力曝光的風險就很大嘛。

在我思考這些的時候，司儀介紹了第一名挑戰者。走上競技場，踏進半圓形空間的他，似乎是騎士團的悍將之一。

不過，他的對手沒有現身。

這名挑戰者一邊咒罵，一邊離開了會場。

付了十萬戒尼的參賽費，結果落得這種下場，真的會讓人笑不出來。而且，據說這次的挑戰者人數超過一百五十名。

不過，順利通過「女神的考驗」，似乎是十分榮譽的一件事。聽說通過考驗的人可以拿到紀念幣，也會有「你通過了『女神的考驗』啊。好，就決定錄用你啦！」這樣的發展。

我一邊期待阿爾法的登場，一邊眺望挑戰者們陸續被叫上競技場的光景。

輪到第十四名挑戰者上場時，古代戰士終於現身了。

來自劍之國貝卡達的旅行者安妮蘿潔踏進半圓形空間後，古代文字起了反應開始發光。光芒緩緩凝聚成人型，變成一名半透明的戰士。根據司儀的解說，他是名為伯爾格的一個古代戰士。

兩人很普通地開始交手，最後是安妮蘿潔很普通地贏得了勝利。我原本還有點期待古代戰士的表現，結果比我想像的還要普通呢。只好期待接下來會有更強的戰士被召喚出來了。

之後，隨著賽事進行，我發現了一件事。可能只是安妮蘿潔太強了而已。到現在，一共有八名左右的古代戰士被召喚出來，但獲勝的挑戰者就只有安妮蘿潔一人。這麼想的話，那個伯爾格或許也身手不凡。

夜色逐漸變深，剩下的挑戰者也慢慢減少。

在大賽落幕的氣氛開始醞釀時，司儀喚出了那個挑戰者的名字。

「接著是來自米德加魔劍士學園的挑戰者！席德．卡蓋諾！」

席德．卡蓋諾是誰啊……是我！

說到來自米德加魔劍士學園的席德．卡蓋諾，除了我不會有別人。不，等等，我完全不記得我有登記參賽耶。

「請大家以掌聲來迎接這名勇敢的挑戰者吧！」

等等，別這樣！

熱烈的掌聲如雷灌頂，甚至還有人吹起了口哨。歡呼聲炒熱了整個會場的氣氛。

這種氛圍很不妙。我抽搐著臉頰開始思考。

在這樣的情況下，我有三種選擇。

選擇一，放棄掙扎，上台迎接挑戰。要是古代文字沒有任何反應，我就能以平凡路人的身分結束這場對決。然而，倘若召喚出來的古代戰士是個強敵，我的實力就有曝光的風險。

選擇二，逃跑。再怎麼說，我都只是魔劍士學園裡的一介路人而已。沒人認得我的長相，所以可以輕易逃跑。但這麼做會惹毛教會。要是他們跑到學園來抗議，我甚至有可能被退學。

選擇三，讓這場對決變得一團混亂。嗯，只能這麼做了吧。

我消除自身的氣息，高速移動隱藏自己的身影。在四下無人之處變身成闇影的模樣後，高高躍向半空中。

無論是多麼嚴苛的戰場，只要引爆一顆炸彈，就能讓一切化為虛無——這是我提倡的論述之一。

所以——

「神祕強者亂入讓一切不了了之」作戰開始！

我降落在半圓形空間裡，揚起大衣的下襬開口。

「吾名闇影……乃潛伏於闇影之中，狩獵闇影之人……」

觀眾席一片譁然。

「沉眠於聖域的古代記憶……」

古代文字出現反應，緩緩凝聚成人型。

「今晚，就由吾等將其解放……」

我抽出漆黑刀刃，劃過夜空。

在貴賓席上吃驚地張大嘴的貝塔，是當下最令我印象深刻的事。

「是闇影！」

「闇影？」

「闇影大……？」

發現自己險些為主君加上敬稱，貝塔連忙噤聲。

幸運的是，貴賓們的視線全都集中在闇影身上，沒人聽到她的失言。無論是亞蕾克西雅、蘿絲，或是涅爾森代理大主教，目睹突然闖入賽事的這名人物，臉上盡是藏不住的錯愕。

計畫中並沒有提及這樣的行動呀——貝塔閉上自己張得老大的嘴巴這麼想。

不過，貝塔也認為自己敬愛的主君，不可能在毫無意義的情況下使出如此強硬的手段。他想必有什麼非得這麼做的重大理由，而洞悉這個理由並從旁予以支援，便是貝塔的任務。

貝塔在一瞬間恢復冷靜。

要怎麼做？

該怎麼做才對？

「原來如此，那就是闇影嗎？」
涅爾森輕喃。
「雖然不知道他有何打算，但會場裡有教會聖騎士鎮守著。對自己的力量過度自負的蠢才……我可不會讓你逃掉喔。」
涅爾森下達了讓聖騎士集合的指示。
聖騎士——在受洗之後，被選拔出來守衛教會的騎士。他們的實力是一般騎士所遠遠不可及的。貝塔還記得，在年幼的時候，她曾為了拯救適應者而和教會聖騎士交鋒，並因此陷入苦戰。
不過，現在的她可不會重現當年的醜態了。
「闇影，他究竟是為了什麼……」
亞蕾克西雅輕聲開口。
「不知道他是否平安無事……希望他沒被捲入這場混亂就好……」
儘管很在意闇影，蘿絲仍忍不住左右環顧整座會場。
此時，一陣白光籠罩了會場。
泛著光芒的古代文字，逐漸凝聚成一名戰士的身影。
貝塔將那串細緻的古代文字加以排列組合後，看懂了一整串文字的意思。
「『災厄魔女』歐蘿拉……」
「難道被召喚出來的是歐蘿拉……？」

貝塔和涅爾森的發言重疊。

在光芒收束後，一名女性戰士現身。她有著一頭黑色長髮，以及豔麗的紫羅蘭色雙眸。在一襲薄透的黑色長袍之下，是深紫色的禮服和白皙的肌膚。她散發出一種彷彿是雕像活過來、帶有藝術的美感。

「你說的歐蘿拉是？」

亞蕾克西雅略過貝塔，轉而向涅爾森提問。

「『災厄魔女』歐蘿拉。她是過去曾為這個世界帶來混亂與破壞的女人。」

「『災厄魔女』歐蘿拉……我沒聽說過這號人物呢。」

「我也沒聽說過。但妳好像知道是嗎，夏目老師？」

聽到蘿絲這麼問，貝塔回答：

「其實，我也只是聽說過這個名字而已。」

她沒有說謊。

「災厄魔女」歐蘿拉——每當試著解讀古代歷史的時候，總會發現她的蹤跡。然而，她當初究竟招來了什麼樣的混亂、進行了什麼樣的破壞，目前仍無人知曉。對「闇影庭園」來說，這是僅次於迪亞布羅斯之謎，同樣必須深入探究的一段古代歷史，而他們也持續進行著相關調查。

到了今天，「災厄魔女」歐蘿拉的樣貌終於呈現在眼前。這是相當大的進步。貝塔從雙峰之間的鴻溝取出記事本，在一瞬間速寫下歐蘿拉的身影。同時也速寫了和歐蘿拉對峙的闇影。應該說後者才是重點。

「妳在記錄小說的題材嗎？」
蘿絲問道。
「呃，算是吧……」
闇影大人今天依舊帥氣無比呢——這麼加註後，貝塔闔上她的記事本。
「不嫌棄的話，可以再多告訴我一些歐蘿拉的事蹟嗎？」
聽到貝塔以嬌滴滴的嗓音詢問，涅爾森一臉得意地開口：
「兩位會對她一無所知，也是理所當然。應該說夏目老師會知道，反而讓我很吃驚呢。就算在教會裡，也只有一小部分的人知道歐蘿拉這號人物。」
說著，涅爾森笑了幾聲。他的視線死盯著貝塔從開襟襯衫探出的鴻溝。
「不過，看樣子輪不到聖騎士上場了。沒想到闇影會召喚出歐蘿拉啊，他的運氣也真差……」
「歐蘿拉是這麼強大的人物嗎？」
蘿絲問道。
「她可是歷史上最強的女人。闇影這種小角色，歐蘿拉八成一隻手就能對付了吧。很遺憾的，我能透露的就只有這些了。」
剩下的看就知道了——閉上嘴的涅爾森像是在這麼暗示。
壓根不認為主君會敗陣的貝塔露出不悅的表情。不過，她也並非完全沒有感到一絲不安。
「災厄魔女」歐蘿拉——她是實力高強到足以在歷史上留名的人物。在主君因為跟歐蘿拉對決而精疲力盡之際，倘若聖騎士出其不意地上前壓制——凡事總有個意外。

至此，貝塔終於稍微察覺到闇影現身的意圖。闇影剛才提及了「解放沉眠於聖域的古代記憶」一事。他是為了召喚出歐蘿拉，才會出現在競技場上。他認定有這麼做的價值。

主君判斷歐蘿拉是一切的關鍵。那麼，貝塔便只有追隨一途。

貝塔輕撫自己臉上的淚痣。這是變更計畫的暗號。潛伏在會場某處的伊普西龍，想必已經收到她的指示了。貝塔相信，就算不一一指示細節，伊普西龍必定也能採取最恰當的行動。

「要開始嘍。」

在涅爾森的提醒下，貝塔將視線移回會場上。出現在那裡的，是已經抽出漆黑刀身的闇影，以及雙手抱胸，露出高雅微笑的歐蘿拉。那生動而美麗的笑靨，讓她看起來完全不像是以記憶打造而成的人物。

「我不覺得闇影會輕易吃敗仗……」

亞蕾克西雅這麼輕喃。她以極為認真的表情注視著闇影的身影。

這女人倒是挺有眼光的嘛——貝塔稍微對她改觀了一些。

會場充斥著一觸即發的緊張空氣。

令人窒息的沉默支配了這整個空間。

闇影和歐蘿拉凝視著彼此。

對兩人來說，這或許是用來「感受」彼此的一段珍貴時光。

而後——

這場戰鬥在一絲絲不捨的氛圍下展開。

好久沒嚐到這樣的感覺了。

跟有著紫羅蘭色眸子的女性對峙的我，在面具後方露出笑容。

她同樣露出微笑。

——這一刻，我們一定共享著相同的感覺。

我認為戰鬥是一種對話的方式。

諸如劍尖的顫動、視線的方向、踏下的每一步的位置等，這些細微之處全都有著含意。理解這些含意，並以適當的方式對應，便是所謂的戰鬥。

從細微的動作中看穿含意的能力，以及以最佳的方式回應這些含意的能力——就算說這兩種能力在戰鬥中即代表「強大」，我想也不為過。

所以，我才會說戰鬥就是一種對話。

倘若彼此的對話能力都很優秀，在其中一方洞察先機、準備予以應對時，另一方也能察覺到對手即將動作的先機，然後更早一步予以應對。對話會以這樣的形式無窮止盡地持續下去。

相反的，如果彼此的對話能力都不怎麼樣，或是兩邊的對話能力有著懸殊差異的話，甚至會讓對話本身無法成立。

戰鬥只會在其中一者，或是雙方都自顧自地表現後結束。

這樣的戰鬥沒有對話也沒有過程，只存在結果。如果打從一開始就沒有對話的打算，我覺得還不如用猜拳的方式來決定勝負就好了。戴爾塔，我就是在說妳。

就算一輩子都只出石頭，也能把剪刀和布打飛。這樣的猜拳太不合邏輯了。

不過，我倒也沒什麼資格說別人。因為我已經很久沒跟別人進行過像樣的對話了。

然而，跟戴爾塔不同的是，我一開始都有和對方對話的打算。只是到頭來依舊會出石頭將對方打飛就是了。

因此，能和眼前這名女性相遇，讓我感受到久違的欣喜。她的雙眼看著我。若無其事地微笑的她，觀察著我的劍尖、視線和雙腳的動作，注視著我所有帶有含意的一舉一動。

就稱呼她為紫羅蘭小姐吧。親愛的紫羅蘭小姐。

有一小段時間，我們都只是凝視著彼此，以這樣的方式對話。

這麼做，讓我們慢慢了解了彼此。她是習慣和對手保持一段距離來戰鬥的人，我則是原本就會配合對方的作風應戰的人，絕不是只會出石頭將人打飛的類型。

所以——

妳請先吧。

我將先攻的機會讓給對方。

下個瞬間，我縮起踏在前方的那隻腳。

接著，宛如鮮紅色長槍的物體，從我留下的腳印上竄出。

我往後退了半步。我沒料到她的第一擊會是來自地底的攻擊。

鮮紅色長槍從中一分為二，以夾擊的方式從左右兩側朝我襲來。

我的第一擊，是靜靜審視戰況。

我細細觀察著鮮紅長槍的速度、威力和機動力。

也因此，我避開了左側的長槍，然後以手中的刀彈開右側的長槍。手感很沉重。那是足以致死的力道。

剛才被我閃開的長槍再次分裂，形成了近千條宛如縫衣針那般尖銳的紅線。

紅線從我的四面八方同時襲來。

我在刀中注入魔力，以一擊橫掃消滅了所有的紅色長槍。

「即使聚集成群，蚊子也殺不了獅子。」

紫羅蘭小姐露出高雅的微笑。我們再次對望片刻。

對話能力愈優秀，愈能在簡短的對話中看穿彼此的力量。同時，也能大致上明白對方是一個什麼樣的人。

我看到了這場戰鬥的結果。紫羅蘭小姐或許也是吧。

而後——

宛如樹幹般粗壯的長槍一口氣從地面大量竄出，打破了這片沉默。

一共有九支。
我順利避開了粗壯長槍的攻勢，但長槍卻像觸手那樣自由轉換了外型，再次朝我襲來。
像長槍那樣刺向我、像絲線那樣將我包圍，又像一張血盆大口那樣咬向我。
這就是她的戰鬥風格。以能夠自由動作的觸手，單方面將對手玩弄致死。
我只是靜靜觀察著。觀察觸手的動作，將自己的行動提昇到最精簡的境界。
我慢慢減少迴避所需要的動作。從一步變成半步、從雙手變成單手。
光是閃躲，並無法打贏對方。所謂的迴避，其實是反擊的準備動作。
迴避的動作愈小，就能夠愈快施展出接下來的反擊。
在迴避的同時反擊。
我踏出一步，來到紫羅蘭小姐的眼前。
她的手上不知何時出現了一把巨鐮。我會被她掃飛。
我以刀彈開了這一擊，同時朝她的腳踢下去。
從我的腳尖探出的史萊姆劍，貫穿了紫羅蘭小姐的腳。雖然最近淪為製造視覺效果用的小道具，但這種腳尖劍，原本就是在和強敵戰鬥時，用來打破勢均力敵的狀態的可靠武器。
紫羅蘭小姐的動作一瞬間停了下來。這一瞬間對我而言已足夠。
她面帶微笑地接受了這樣的結局。
「真想跟使出全力的妳一戰呢。」
在鮮血飛濺的競技場上，我以只有紫羅蘭小姐聽得到的音量這麼開口。

「一如我所言，闇影被壓制得完全無法出手吶。」

對於涅爾森得意洋洋的這句發言，亞蕾克西雅選擇左耳進右耳出。

打從首次出招以來，闇影和歐蘿拉的這場戰鬥，便一直是後者單方面在攻擊。目睹無數的紅色絲線以驚人的高速舞動，亞蕾克西雅只有錯愕。

不管怎麼看，那都不是現存的任何一種武器。歐蘿拉隨心所欲地操控著能夠自由變換外型的長槍，彷彿那就是自己肉體的一部分。那些長槍的攻擊範圍想必可以變得更廣，甚至貫穿一整個集團的敵人吧。

要是拘泥於以刀劍應戰，絕對贏不了。

這就是古代的戰鬥技巧。亞蕾克西雅也承認，這是自己無法並駕齊驅的力量。

「他撐得比我想像的更久吶。不過，兩者之間的實力差異可說是一目了然。」

不對。

亞蕾克西雅在心中否定了涅爾森的說詞。

現況看起來，雖然是闇影被歐蘿拉的猛烈攻勢壓著打，但闇影至今都還沒有任何動作。他只是一直觀察著對方第一波攻擊的戰法。

歐蘿拉確實很強。畢竟她是能和闇影對戰的存在。

然而，她的紅色長槍一次都不曾觸及闇影的身體。
「即使聚集成群，蚊子也殺不了獅子。」
僅憑一記攻擊，便將數量破千、細如針尖的長槍一掃而空的闇影這麼開口。
接著，鮮紅長槍變換成宛如粗壯樹幹的外型，從四面八方襲向闇影。
威力足以殺害獅子的長槍呼嘯而過，時而分裂、時而變換成血盆大口的模樣，持續朝闇影發動攻擊。
但卻全都沒有命中。
不僅如此，在每一回合的攻防戰結束後，闇影閃避的動作也跟著變小。
原本以為這已經是最底限的動作了，但在下一回合之後，他的閃避動作又變得更加細微。
亞蕾克西雅心目中最理想的攻防戰模樣，不斷被闇影在下個瞬間締造的新紀錄改寫。
「好厲害……」
「真不愧是……」
亞蕾克西雅的輕喃和夏目的低語重疊。
真正的強者，只靠防守就能讓敵人無計可施。亞蕾克西雅過去的劍術師父曾這麼說過。
最佳範例現在就在眼前。
「那個魔女在搞什麼啊，還不快把他解決掉！」
涅爾森的語氣開始透露出焦躁。

然而——

歐蘿拉已經擋不住闇影了。

勝負在一瞬間分曉。

亞蕾克西雅僅能勉強看到這段攻防戰的一小部分。

闇影逼近歐蘿拉，後者揮下巨鐮，接著是漫天飛舞的鮮血。

倒地的人……是歐蘿拉。

開始與結束都在一瞬間的勝負。宛如獅子將羔羊的脖子扭斷那樣輕而易舉。

無人能夠明白闇影做了什麼，或是那個瞬間上演了什麼樣的攻防戰。

所以才說開始與結束都在一瞬間。

整個會場變得鴉雀無聲，彷彿剛才的激烈攻防從不曾上演。

「歐蘿拉她……輸了？怎麼可能，剛才展開猛攻的人一直是她啊！」

涅爾森大喊。

直到最後的瞬間，他都以為歐蘿拉勝券在握吧。

然而，勝負卻在那個瞬間逆轉，所以涅爾森完全搞不清楚發生了什麼事。不只是他，會場裡的每一個觀眾，幾乎都懷疑自己是否看錯了場上的勝利者與敗北者。

「到底發生了什麼事……歐蘿拉不可能輸！那個女人可是……！」

闇影揚起漆黑大衣的下襬，朝夜空高高躍起。

「等……等等！給我追，別讓他逃掉了！」

回過神來的涅爾森怒吼。

聖騎士們慌慌張張地追著闇影而去。

發現自己在不知不覺中止住呼吸，亞蕾克西雅吐出一口氣，為了避免遺忘而在腦中不斷反芻闇影的劍技。

「他的劍法還是一樣驚人呢……」

蘿絲語帶感嘆地這麼開口。

正當亞蕾克西雅想出聲同意時，一陣炫目的光芒籠罩了整座會場。

Not a hero, not an arch enemy,
but the existence intervenes in a story and shows off his power.
I had admired the one like that, what is more,
and hoped to be.
Like a hero everyone wished to be in childhood,
"The Eminence in Shadow" was the one for me.
That's all about it.

The Eminence in Shadow

I can't remember the moment anymore.
Yet, I had desired to become "The Eminence in Shadow"
ever since I could remember.
An anime, manga, or movie? No, whatever's fine.
If I could become a man behind the scene,
I didn't care what type I would be.

二章

在聖域進行探索吧！

The Eminence in Shadow
Volume Two
Chapter Two

蘿絲瞇起雙眼，等待刺眼的光芒消散。

隨後，在光芒收束之處，出現了一扇白色大門。

「這是……？」

蘿絲輕聲開口。

「門慢慢打開了……？」

泛著淡淡光芒的大門緩緩敞開。

這樣的光景十分不可思議。

「難道……聖域做出回應了……？」

涅爾森茫然地喃喃說道。

「你說的回應是……？」

「如各位所知，今天是一年一度的聖域大門開啟的日子。」

「我聽說聖域的大門位於聖教堂裡頭。」

「是的，確實在聖教堂裡。但聖域大門不只一扇而已。聖域會依據敲門者的不同，變換迎接的大門。有不留客之門、召集之門、歡迎之門……得踏進大門內側，才會知道那是什麼樣的門。」

這麼回答蘿絲的涅爾森，雙眼仍直直凝視著白色大門。

「這樣一來，『女神的考驗』也無法繼續進行了。讓觀眾離開這裡吧。」

聽到涅爾森的指示，相關人員開始指引觀眾離開。特別來賓們也陸續從座位上起身。

在這段期間，白色大門仍持續慢慢敞開。

「不要讓任何人靠近那扇門！」

涅爾森再次下達指令。

在大門敞開到可以讓一個人踏進去的程度時，蘿絲等人也收到了要求。

「請各位也離開吧。」

涅爾森這麼說。

下一瞬間，蘿絲和亞蕾克西雅同時拔劍出鞘。兩人舉起劍，背靠背地站在一起。

「發生什麼……？」

涅爾森一下子慌了手腳。他環顧四周，發現包含自己在內的一行人，不知何時已經被一群黑衣人團團圍住。就連蘿絲和亞蕾克西雅也直到前一刻才察覺到這群人的氣息。

「不好意思。在那扇門關上前，還請你們不要輕舉妄動喲。」

一道宛如銀鈴般悅耳的嗓音傳來。

服裝打扮跟這群黑衣人不太一樣的一名女子現身。

「難道……妳們是『闇影庭園』？」

在身穿黑色戰鬥裝束的成員之中，只有這名女子身上是一襲宛如禮服的長袍。她優雅地走向大門。

女子的視線一瞬間瞥過蘿絲和亞蕾克西雅。

兩人的肩頭為之一震，緊靠著彼此的背也變得僵硬。

她很強……！

兩人從女子的視線感受到驚人的重壓。散發出壓倒性存在感的她，宛如君臨這個夜晚的女王。

對蘿絲和亞蕾克西雅而言，這個世上最強大的存在是闇影。不過，這名女子所擁有的力量，至少也能夠觸及闇影的腳邊。她給兩人這樣的感覺。

「伊普西龍，接下來就交給妳了。大小姐們，要當個好孩子喔。」

「屬下明白了，阿爾法大人。」

「等等，別踏進聖域裡！」

被喚作阿爾法的女子無視涅爾森的吶喊，在發光大門的另一頭消失了蹤影。

「她就是阿爾法……」

亞蕾克西雅的輕喃傳來。

妳認識她？

蘿絲按捺住想這麼詢問的衝動。

「那麼，做出這樣的行為，妳們究竟有何打算？」

亞蕾克西雅開口問道。

「我們只是希望在那扇門消失前，各位能安分守己地留在原地。不過，代理大主教涅爾森，有勞你跟我們走一趟了。」

被喚作伊普西龍、有著豐滿體態的女子這麼表示。被點名的涅爾森隨即變得不知所措。

「妳們到底打算在聖域裡做什麼？」

「重點不在於我們要做什麼，而是那裡頭有著什麼。只要不輕舉妄動，我們便不會加害於妳們。」

說著，伊普西龍以視線牽制蘿絲等人。宛如澄澈湖水般美麗的那雙眸子，直直望著蘿絲和亞蕾克西雅，沒有半點輕忽。

這個女人也很強。雖然不如阿爾法，但她也散發出一股強者特有的強大氣場。

不過，要是情況告急的時候……

「要是妳們亂來，我可無法保證這個女人的安危。」

這麼開口的伊普西龍，彷彿已經察覺到蘿絲和亞蕾克西雅的敵意。

她的視線落在被黑衣人抓住的夏目老師身上。

「對……對不起……」

夏目老師看似愧疚地垂下眼簾。

「夏目老師……！」

看到夏目老師強忍著淚水的模樣，蘿絲彷彿胸口被人緊緊掐住那般痛苦。

反擊的曙光也被抹煞了……她是這麼想的，不過——

「也可以考慮犧牲她呀。」

亞蕾克西雅以只有蘿絲聽得見的音量開口。

「不可以！」

蘿絲堅決否定了這樣的提議。

「那種可疑的人，犧牲她會比較好啦。」

「我說不可以就是不可以。」

在兩人這樣交談的時候，已經敞開至最大的聖域大門，轉而開始闔上。

慢慢地、慢慢地……

黑衣人集團的成員陸陸續續踏進大門內側，被捉住的夏目老師和代理大主教涅爾森，也被迫一同走了進去。

蘿絲和亞蕾克西雅只能默默目送這樣的他們離開。

沒有一絲破綻。

那些黑衣人個個都擁有強大的實力，行動也十分井然有序。她們以三人為單位，分成相互支援的小隊。就算抓準微乎其微的破綻進攻，也可以想像其他成員會隨即出手掩護。這群人的集團行動極為縝密而完美。

大門緩緩闔上。

「住手，不要這麼粗魯啦！」

被強行推進大門內側的夏目老師，發出悲痛的嗓音反抗。

「夏目老師！」

「我……我不要緊，請不用為我擔心！」

以顫抖的嗓音故作堅強地這麼吶喊後，夏目老師便被帶往大門的另一側。

蘿絲以泫然欲泣的表情看著她離去。

「有夠假的。」

這樣的輕喃聲傳入耳中，但蘿絲沒有理會。

最後剩下的，是伊普西龍和被綁起來的涅爾森。

在確認情況沒有任何異常後，伊普西龍準備帶著涅爾森踏入大門內側。

涅爾森卻在這時開始反抗，讓伊普西龍有些分心。

就在這瞬間——

突然降落在兩人面前的一個黑色身影，朝伊普西龍一刀砍下。

「幹得好，『行刑者』維諾姆！」

涅爾森的狂笑聲響徹這一帶。

將注意力提昇至極限的伊普西龍，凝視著自己被劈砍的身影。

雖說完全被敵人攻其不備，但伊普西龍畢竟也不是省油的燈。她以敏捷的下腰動作閃躲了這記攻擊。然而，這卻招致了悲劇。

過去宛如走馬燈那樣在伊普西龍的腦中重新播放出來。

身為精靈族名門大小姐的那段過去。淪為〈惡魔附體者〉而遭到國家放逐的那段回憶。

以及重獲新生的那一天所發生的事。

被闇影所救的那天，伊普西龍過去相信的一切全都應聲瓦解，而她也找到了嶄新的生存意義。

伊普西龍從以前就是個強勢的女孩子。她對自身的優秀深信不疑，也老愛向人展示自己優秀的一面。

實際上，她出身良好、臉蛋秀麗、腦袋聰穎，也很有武術天賦。

她的自尊心很強，同時也擁有和這樣的自尊心相符的能力。

或許正是因為如此吧。

淪為〈惡魔附體者〉的那天，發現自己的一切全都崩壞殆盡的那個瞬間，伊普西龍遭受到的打擊，比任何人都要來得強烈。

她失去了繼續活下去的意義，卻也沒有勇氣一死。

某天，當伊普西龍拖著日漸腐爛的身軀走在山路上時，闇影在她的面前現身。

「妳渴望力量嗎……？」

他以宛如來自深淵的低沉嗓音問道。
在朦朧的意識之中，伊普西龍還以為眼前出現了一名惡魔。
不過，她向闇影乞求了力量。
只要擁有力量，她就能向那些拋棄自己的存在復仇。
徹底玩弄一番之後，再把那些人殺死，讓他們為自己的所作所為後悔莫及。
「那麼，我就賜予妳力量吧……」
而後，甜美的藍紫色魔力籠罩了伊普西龍。
至今，她仍清楚記得那道光，以及其帶來的溫暖感受。
讓人有些懷念的、溫柔地療癒了自己的光芒，讓伊普西龍不自覺地落淚。
那天的她弱小、醜陋且狼狽不堪。拯救了這樣的她的人，正是闇影。
「在虛假的世界墮落發狂，或許也是個不錯的選擇。不過，倘若妳渴望了解真實的世界……
就跟我來吧。」
伊普西龍跟上了闇影的腳步。
失去了一切的自己，就只是個醜陋不堪的存在。然而，在這樣的自己被拯救後，伊普西龍有種真正的自我獲得認可的感覺。
她不需要顯赫的家世背景。
不需要美貌，也沒有必要誇耀自身的能力。
她有其他更重要的東西。

在得知世界真實的樣貌、和四名前輩相遇後，伊普西龍收回了這樣的前言。

顯赫的家世確實不必要。但能力則是必要的。

她自豪的武術，在組織之中卻是倒數第二。

那個組織裡有著無論自己今後的人生再怎麼努力，也絕對贏不過的怪物和完美超人。

就連她引以為傲的聰穎腦袋，在組織裡也只能排行倒數第二。

腦力資優生和完美超人的存在，重挫了她的自信。

就算從整體能力來看，也有完美超人以及能有條不紊地處理好所有事務的萬能型。

再這樣下去，伊普西龍會沒有立足之地。

此外，最重要的是，美貌也是必要的。

對伊普西龍來說，外貌非常重要。因為她敬愛的主君是一名男性。

從客觀角度分析自身的魅力之後，伊普西龍估計自己有一場硬仗要打。

若是只看臉蛋，伊普西龍完全沒有悲觀的必要。不過，她仍對自己的未來憂心不已。因為，在伊普西龍的家系之中，每一名女性都是迷你又平坦的狀態。

一如看著家系中的男性親屬稀疏的頭髮而悲嘆的男子，看著家系中的女性的體型，伊普西龍也只想嘆氣。繼續這樣下去的話，自己將來必定會嚐到敗北的滋味吧——她這麼想著。

所以，和「那個」相遇的瞬間，伊普西龍感受到有如五雷轟頂的震撼。

史萊姆戰鬥裝束。

只看一眼，伊普西龍便洞悉了其可能性，並深深為之著迷。

平常絕不會漏聽闇影所說的一字一句的她，雙眼直直盯著史萊姆戰鬥裝束，完全沒把闇影的說明聽進耳裡。

伊普西龍想著。

可以用這個墊起來——

不消三天，伊普西龍便已經能夠隨心所欲地駕馭史萊姆戰鬥裝束。

從那天開始，她打著練習控制這身戰鬥裝束的名義，二十四小時都穿在身上，然後一點一點墊出自己的身型。

一點一點地，墊到讓人不會起疑的程度。但因為是成長期，所以同時又墊得有些大膽。

墊到某種程度後，她發現了一件事。

墊出來的質感不盡理想。

史萊姆終究只是史萊姆。無論是觸感或是晃動的程度，依舊和人體脂肪有所不同。自那天以來，伊普西龍開始把貝塔當成勁敵觀察，過了幾天後，她終於能夠徹底駕馭史萊姆，完美重現那種觸感和晃動的程度。

至此，伊普西龍的魔力控制能力，已經出類拔萃到連阿爾法都會發自內心讚嘆了。

也因此，她被喚作「縝密」的伊普西龍，變身為眾人看好的存在。然而，這些成果對伊普西龍來說根本無所謂。

比起這些，在每天細細觀察貝塔後，伊普西龍驚懼不已。

這傢伙竟然還在持續變大？

這是一場戰爭——天然與人造之間的沒血沒淚戰爭。

若端看結果，是愈墊愈大的伊普西龍贏了這場仗。畢竟人類總是有能力戰勝大自然的威脅。

然而，她所付出的代價也很大。

稍稍放下了自尊心的那天，看著自己倒映在鏡中的身影，伊普西龍這麼想——

整體感太不平衡了。

不幸的是，伊普西龍擁有的是纖細而嬌小的身型。

不過，她運用自身的聰明才智，導出了這個問題的答案。

對了，把臀部也墊大，讓身型變得平均一點吧。

最後，她加工的部分不只是臀部。她以史萊姆墊出形狀完美的翹臀後，又將史萊姆緊緊束在腰間，打造出水蛇腰的曲線。而且，她還把史萊姆做成隱形增高鞋，把自己拉高成八頭身的黃金比例。再來……其他細部的改造，多到族繁不及備載的程度。

用一句話來簡單說明的話，就是她透過史萊姆戰鬥裝束，讓自己獲得了終極完美的肉體。

成就這番豐功偉業的，是她從未停歇的努力、隨時避免真相曝光的高度警戒心，以及令人恨得牙癢癢的強敵的存在。

最關鍵的要素，便是伊普西龍對於敬愛的主君的一片心意。

「縝密」這樣的稱號，不過是她這番努力之下的副產物。她真正的強處，在於這些厚厚的史萊姆襯墊所帶來的驚人物理防禦力。

至此，伊普西龍腦中的走馬燈結束了。

降落在眼前的黑影高高朝她揮下手中的劍。

伊普西龍努力的結晶被無情地劈開。

史萊姆裝束裡頭最柔軟的兩個塊狀物，因為這股衝擊而飛向半空中。

這一瞬間，伊普西龍覺醒了。

我豈能……

豈能在這種地方……！

讓真相曝光啊啊啊啊啊啊啊啊啊啊啊啊啊啊啊啊啊啊啊！

看著飛向半空中的兩個塊狀物，伊普西龍試著控制仍殘留在其內部的魔力，讓它們維持原本的形狀。

伊普西龍能夠精確控制離開肉體的魔法。她這番高超過人的技巧，足以讓所有目擊者震驚到昏厥。

同時，她將殘留的魔力拉近自己，在一瞬間讓兩個塊狀物歸回原位。

連一公釐的誤差都不允許的精準控制，以及能在眨眼之間完成所有動作的高速——簡直神乎其技。

最後，甚至還能將人體脂肪搖晃的感覺確實重現。這就是「縝密」的伊普西龍。

「幹得好，『行刑者』維諾姆……咦？」

涅爾森忍不住再次定睛望向伊普西龍。

原本應該被狠砍一刀的她，現在卻毫髮無傷地站在原地。

不僅如此——

「你看到了嗎……！」

「咦……？」

這種壓倒性的魄力是怎麼回事——？

涅爾森的雙腿止不住打顫。

「你……看到什麼了嗎？」

「噫！……我……我什麼都沒看到……！」

「妳們看到了嗎？」

伊普西龍轉而詢問蘿絲和亞蕾克西雅。兩人也拚命搖頭回應她。

「那就好。跟我來吧。」

語畢，伊普西龍一把揪住涅爾森的衣領，將他拖往大門另一頭。

「噫！你在做什麼啊，『行刑者』維諾姆！快點來救我！」

「你說的『行刑者』……」

伊普西龍在涅爾森的耳畔輕喃。

「已經被我殺掉了。」

下一刻，「行刑者」的頭顱咕咚一聲落地。

「噫噫噫噫噫噫噫噫噫噫噫噫！」

就這樣，伊普西龍拖著涅爾森，消失在慢慢關上的大門內側。

大門就要闔上了。

在完全闔上之前，她衝了出去。

「亞蕾克西雅學妹！」

亞蕾克西雅無視蘿絲制止的聲音，鑽進了大門的縫隙裡。

「唉，真是的！」

蘿絲也跟著追上去，在千鈞一髮之際安全上壘。大門終於完全關上。

隨後，關上的這扇門消失了，只在原地留下淡淡的光暈。

「呀啊！」
往下墜落的蘿絲跌在某種柔軟的物體上方。
甩甩頭起身後，她才發現自己壓在兩名少女的身上。
「啊啊，對不起。」
「蘿絲學姊，能請妳快點從我身上離開嗎？」
「亞蕾克西雅大人，請妳不要摸奇怪的地方。」
被蘿絲壓在底下的亞蕾克西雅和夏目，仍惡狠狠地瞪著彼此。
待蘿絲爬起來之後，這兩人隨即拉開一段距離，然後別過臉去。
她們倆關係很不好嗎——蘿絲這麼想著，不禁有些悲傷。
「兩位，我覺得吵架不好……啊！」
這麼開口後，蘿絲終於發現自己已經成為眾人注目的焦點。
這裡是一個挑高而昏暗的空間。黑衣女子佇立在她們的周圍。阿爾法、伊普西龍和被抓過來的涅爾森也在其中。
「那個……呃……」
在這種情況下，自己恐怕也束手無策——明白了這一點的蘿絲舉起雙手示意投降。

她露出討好的笑容，試著展現自己並沒有敵意。

一旁的夏目老師害怕到不停發抖，這樣真是太可憐了，我得做些什麼才行。在蘿絲這麼下定決心的瞬間，亞蕾克西雅突然朝前方踏出一步。

「對不起。我剛才絆到腳跌倒了，結果剛好往大門的地方跌過去，所以，這也是沒辦法的事呢。」

所謂的說服力，源自於坦蕩蕩的態度——蘿絲上到了一課。

就算說出來的話明顯是謊言，只要態度宛如征服世界的魔王那樣光明磊落，別人就會懶得出口指摘。

嗯，就當作是這樣吧——所有人都以這樣的態度看著亞蕾克西雅。

「只要不亂來，想做什麼就隨便妳們吧。或許，妳們也有義務明白真相。」

朝亞蕾克西雅瞥了一眼後，阿爾法這麼開口。隨後，在她一聲令下，包圍著亞蕾克西雅等人的黑衣女子馬上散開。

亞蕾克西雅輕喊了一聲「成功了」，然後低調地做出握拳的勝利姿勢。

最後，留在原地的人剩下阿爾法、涅爾森、蘿絲、亞蕾克西雅、夏目，以及一名身分不明的黑衣女子。她似乎不是伊普西龍。

「妳們做出這種事，究竟有何打算？」

被黑衣女子俘虜的涅爾森，惡狠狠地抬頭瞪著阿爾法問道。

阿爾法在面具後方露出微笑。

「傳說，英雄奧莉薇曾將魔人迪亞布羅斯的左手封印在這塊土地上。」

「那又如何？妳們是來這裡找尋那隻左手的嗎？」

涅爾森笑出聲。

「這麼做聽起來很有趣，不過……吾等想明白的並不是這件事。吾等只想弄清楚迪亞布羅斯教團這個存在。」

「妳在說什麼……？」

迪亞布羅斯教團幾個字，讓亞蕾克西雅做出反應。蘿絲以眼角餘光看著眼神變得犀利的她。

「我很清楚你無法回答這樣的疑問。所以，吾等選擇直接過來見識一下。過來尋找打從一開始，就全都被埋葬在歷史黑暗中的真相。」

語畢，阿爾法轉身朝一尊巨大的石像走去。她的高跟鞋在這個寬廣的空間裡發出清脆的聲響。

「這是英雄奧莉薇的石像呢。」

聽到阿爾法這麼說，蘿絲不解地歪過頭。

「英雄奧莉薇……？不過，他應該是一名男性才對呀。」

沒錯。被阿爾法稱為英雄的那尊石像，是一名手持聖劍的女性模樣。這尊石像非常美麗，散發出宛如戰場女神那樣神聖的氛圍。

「吾等大致上都已經明白了，但仍無法百分之百確定。不只是歷史的真相，還有教團真正的目的，以及……」

說著，阿爾法朝英雄石像伸出手，輕撫其臉龐。

「為何英雄奧莉薇和我長得一模一樣的問題。」

語畢，阿爾法轉身。她的臉上已經看不到面具。

「是精靈族……？」

不知道是誰輕聲道出這麼一句。

不過，在場所有人都為阿爾法的美而屏息，同時也發現她的臉蛋，跟英雄奧莉薇幾乎是同一個模子刻出來的。

「妳……難道是精靈族的……但妳應該已經變成〈惡魔附體者〉而喪命了啊……」

「你果然知道些什麼呢。」

「……！」

涅爾森慌慌張張地閉上嘴巴。

「吾等同樣明白〈惡魔附體者〉的真相。對企圖掌控社會秩序的教團來說，吾等想必是相當礙眼的存在吧？」

涅爾森垂著頭不發一語。

蘿絲完全聽不懂這兩人在說些什麼。不過，亞蕾克西雅看起來似乎略懂一二，而阿爾法感覺也不像是在胡說八道。

力量如此強大的組織，應該不會只是基於興趣而研究考古學。背後一定有著什麼重大的理由。「闇影庭園」的理由，以及迪亞布羅斯教團的理由。

先前的學園恐攻事件從蘿絲的腦中閃過。那起事件跟這兩人的對話，恐怕也不是沒有半點關係。

兩個強大的組織，在無人知曉之處激烈交戰——這樣的事實讓蘿絲戰慄不已。

要是這兩個組織的鬥爭愈演愈烈，蘿絲不覺得一無所知的國家，屆時會有能力處理相關的問題。

「吾等已經發現教團的目的，並非單純只是想讓魔人迪亞布羅斯復活。不過，吾等仍無法確定這樣的判斷百分之百正確。所以，大家一起去親眼見識一下吧。」

說著，阿爾法開始對石像注入魔力。高漲的魔力震懾了這一帶的空氣。

「這股魔力……妳果然是〈惡魔附體者〉。是憑自己的力量覺醒了嗎……？」

這股極不尋常的魔力量，讓蘿絲感到背脊發冷。倘若阿爾法的下手目標轉為某個國家，想阻止她的話，勢必得消耗極為龐大的戰力。

「過去，這塊土地上曾有過一場大戰。英雄封印了魔人，眾多性命也因此消散。魔人的魔力和戰士們的魔力，在這塊土地上盤旋打轉。最後，無處可去的記憶，被關進了這個魔力漩渦裡頭。這裡便是古代記憶和魔人的怨念沉睡的墳場。」

對魔力產生反應的石像發出光芒。隨後，古代文字跟著顯現出來，石像也開始染上色彩。

「英雄奧莉薇。我就知道妳會回應我。」

臉蛋和阿爾法一模一樣的英雄奧莉薇現身在眾人眼前。

「這……怎麼可能……」

涅爾森的雙腿不停打顫。

奧莉薇轉身背對蘿絲一行人，接著邁開步伐。在她的前進方向湧現的光芒，逐漸朝向周遭擴散開來。

「那麼，就來一趟童話世界之旅吧。」

在被強光包圍的世界裡，最後傳入眾人耳裡的，是阿爾法的這句話。

打倒紫羅蘭小姐後，為了甩掉追兵，我以全力卯起來衝刺，保險起見，我甚至離開了林德布爾姆，潛入一座深山之中。

躲藏一段時間後，判斷應該已經安全的我，恢復成原本的打扮，放心地吐出一口氣。

這樣大概能蒙混過去了吧。此刻的會場，想必正熱烈討論著神祕強者闇影的話題，而遺忘了那個來自魔劍士學園的平凡路人。

既然今天這麼努力，就去泡個溫泉再睡吧。這麼想著而起身的時候，我的眼前突然出現了一扇奇特的門。

在深山之中，竟然會有一扇看起來廉價又髒兮兮的門浮在半空中。上頭的黑色汙漬，不管怎麼看，應該都是乾涸的血漬。

「這什麼啊？」

這已經不是「可疑」兩個字能夠形容的了。但就算是我也能輕鬆迴避。
我轉身。
「喂。」
再轉了一百八十度。
「不會吧？」
我朝後方跳開。
「真的假的？」
那扇門以全力跟上我的動作。
無論我再怎麼拉開距離、面向哪個方向，甚至後空翻一百次之後，那扇門仍會出現在我的眼前。
既然這樣，那也沒辦法。
「劈開它好了。」
這麼說的同時，我抽刀砍向那扇門。
然而——
被我砍下的瞬間，它隨即恢復原狀。
我收刀入鞘，開始思考。
我可不能帶著這扇髒兮兮的門回到城鎮裡。不管怎麼看，這樣都太引人注目。
真要說起來，這扇門到底是什麼東西？它的周遭感覺不到其他人的氣息，也不像是惡作劇。

門的後方也沒有什麼機關。

「是異世界的任○門嗎？」

感覺它真的拚命黏著我，所以，只要我打開門進去，問題就能解決了吧。可是我今天只想泡個溫泉，然後好好睡一覺。

認真思考三十秒之後，我得出了答案。

算啦，趕快把這件事結束掉吧。

推開那扇髒兮兮的門之後，彷彿能將人吸進裡頭的深邃黑暗出現在眼前。我一邊暗自祈禱「可別是踏進去的瞬間馬上死掉這種發展喔」，一邊潛入那片黑暗之中。

映入眼簾的，是一個石塊砌成的房間。

房裡的擺設布置十分單調。只有一扇門，以及一名四肢都被固定在牆面上的女性。是紫羅蘭小姐。

「嗨。」

我這麼朝她打招呼。她望向我，吃驚地瞪大雙眼。

隨後，她模仿我以一聲「……嗨。」回應。

「又見面了呢。」

「是啊。是妳把我召喚到這裡來的嗎？」

「召喚……？我沒有這個意思呢。我只是覺得剛才跟你交手很開心。」

「我也是喔。」

「我的記憶有些殘缺不全，不過，你一定是史上最強的存在。如果你能出現在我那個時代就好了……」

「真是榮幸呢。」

「所以，你為什麼會來到這裡？」

紫羅蘭小姐感到不可思議地凝視著我。

「突然有一扇門出現在我的眼前，我踏進門裡，結果就來到這裡了。」

「我不太懂你的意思。」

「我也是。順便問一下，妳知道怎麼離開這裡嗎？」

「這個嘛……我也沒有離開過這裡的記憶呢。」

「妳剛才被召喚出去跟我對決了吧？」

「我回過神來的時候，就已經出現在競技場上了。就我所記得的，這是我第一次遇上這種事呢。」

「這樣啊，真傷腦筋。」

我歪過頭思考現在該怎麼辦才好。

既然房裡有一扇門，就先試著從那裡出去好了——做出這個決定時，紫羅蘭小姐有些不滿地噘起嘴呼喚我。

「你的眼前有一名手腳都被銬住的美女。」

紫羅蘭小姐這麼表示。我看著手腳都被固定在牆面上、整個人成十字狀的她，然後點點頭。

「有呢。」

「總之，能請你協助我脫困嗎？」

我不解地微微歪過頭，之後才發現自己似乎對眼前的狀況有所誤解。

「噢，抱歉，我還以為妳是在修行。」

「為什麼？」

「我以前曾經用這種方式修行過。」

「……還真是嶄新的方式呢。」

我沒有拔出史萊姆劍，而是以學園配給的劍破壞了銬住紫羅蘭小姐手腳的拘束具。

她舒服地伸了個懶腰，然後對我露出看似很懷念的微笑。

「謝謝你。這是我睽違千年的自由呢。」

「這樣啊。」

「我隨便說說而已。因為已經不記得了。但至少有一千年。」

她伸手理了理身上那襲單薄的長袍，將一頭柔亮的黑髮撥到耳後。這似乎是她習慣的造型。

「所以，我們的目的是一致的。」

她以若無其事的表情這麼開口。

「嗯？」

「我是重獲自由，你則是離開此處，對吧？」

「噢，沒錯。」
「我們攜手合作吧？」
「是可以啦，但妳知道離開這裡的方法嗎？」
「不知道，但我知道重獲自由的方法。聖域是囚禁記憶的場所。聖域中央有一顆魔力核心，只要破壞它，我就能重獲自由。」
「只有妳？」
紫羅蘭小姐斜眼望向我，露出像在惡作劇的微笑。
「一切的一切都會重獲自由。到時候，你應該也能離開這裡才是。」
「這樣聖域會消失吧？」
「消失又有什麼關係呢。你會困擾嗎？」
我在腦中反芻紫羅蘭小姐的問題，然後思考。
「仔細想想，我不會困擾呢。就這麼做吧。」
「那就決定嘍。另外，你應該也已經發現了，這裡無法使用魔力。這裡很接近聖域的中央，就算試著凝聚魔力，也馬上會被聖域核心吸收。」
「似乎是這樣呢。」
而且，這個聖域核心吸收魔力的程度，遠比先前的學園恐攻事件那時要來得強。一旦開始凝聚魔力，就會馬上被吸收。我試過了各種不同的方法，但看來還要再花點時間摸索。
「沒問題的，我很擅長破壞。」

「哎呀，真是可靠。順帶一提，如果不能使用魔法，我就只是個手無縛雞之力的弱女子喲。我一直很想被騎士大人保護一次看看呢。」

她再次露出像在惡作劇的微笑。這樣游刃有餘的態度，實在不像是手無縛雞之力的弱女子所能表現出來的。

她領著我走向前，毫不猶豫地打開房間大門。

「嗳，在重獲自由之後，妳想做什麼？」

我對著紫羅蘭小姐的背影這麼問。

「我會消失不見喔。畢竟我只是記憶呀。」

紫羅蘭小姐沒有回頭。

大門外頭是一片清晨時分的森林。陽光從樹木枝枒間灑落，被露水打濕的草葉閃閃發光。

對這個地方沒有印象的我環顧四周。

「這是我記憶之中的光景。」

紫羅蘭小姐這麼說。

「妳的記憶？」

「我記得這個地方。」

語畢，她開始往前走。為了不被拋下，我跟上她的腳步。

在靜謐的森林中前進片刻後，眼前的視野一下子變得開闊起來。沐浴在炫目朝陽之下的廣場上，有個小女孩抱著雙腿坐在地上。
是個黑髮的小女孩。
「她好像在哭呢。」
「是呀。」
我們朝那個小女孩走近。
蹲下來窺探她的臉之後，只見斗大的淚珠不斷從那雙紫色眸子中湧出。
「她長得跟妳一模一樣耶。」
「只是有點像而已。」
「不知道她為什麼在哭呢。」
「可能是尿床了吧。」
紫羅蘭小姐隨意敷衍帶過。
小女孩沒有哭出聲音，只是靜靜地流著眼淚。她身上的瘀青相當顯眼。
「那麼，我們接下來該怎麼做？」
「想繼續前進的話，只要終結這段記憶就好了。」
「意思是？」
紫羅蘭小姐以手抬起哭泣小女孩的臉蛋。
「就算哭泣，也改變不了什麼喲。」
然後啪地甩了她一耳光。

「好過分！」

「沒關係啦，反正她就是我呀。」

「到頭來，妳還是承認了啊。」

接著，世界應聲碎裂。晨間森林的景色宛如破裂的鏡子那樣粉碎，消失在深邃的黑暗之中。

這一帶也跟著被伸手不見五指的漆黑籠罩。

紫羅蘭小姐的輪廓在這片黑暗中緩緩浮現。

「繼續前進吧。」

「我知道了。」

我們就在這片虛無的黑暗之中，朝魔力被吸收的方向前進。

除此以外，我感受不到任何東西。

就連腳底踩在地面上行走的觸感都很曖昧不清，讓人幾乎分不清上下左右。於是，我試著倒過來行走。就像倒立那樣腳上頭下。

成功了。

看到倒著行走的我，紫羅蘭小姐露出死魚眼。

「可別偷看我的裙底喲。」

「妳放心吧，看不到的。」

前進了片刻後，一道橘紅色的光芒落在我們身上。

「好痛！」

差點頭部直擊地面的我，在落地前及時擺出防禦姿勢。

「誰教你要這樣胡鬧呢。」

紫羅蘭小姐俯瞰著倒在地上的我，然後伸出一隻手。

「謝謝。」

我抓著那隻冰冷的手起身。

這裡是沐浴在落日餘暉下的戰場。如血那般鮮紅的太陽，在地平線上方閃耀著光芒。

「大家都死了呢。」

士兵的屍體淹沒了這片大地，已經乾涸的血液將地表染上一片黑。這樣的光景一直延續到地平線的那一頭。

「我們走吧。」

紫羅蘭小姐再次邁開步伐前進，彷彿她已經知道目的地位於何處。

屍橫遍野。

我在黃昏的戰場上踩踏著屍體前進。

總有一天，我也想在這麼大規模的戰場上大鬧一場。

前進片刻後，我看到一名渾身是血的少女在戰場正中央哭泣。我和紫羅蘭小姐在她的前方停下腳步。

身上沾滿血的少女，抱著雙腿坐在屍體上不停哭泣。

雖然看不到她的臉，但我明白那就是紫羅蘭小姐。

「妳又在哭了呢。」

「我以前是個愛哭鬼呀。你的劍借我一下。」

「請用。」

我將自己的劍遞給紫羅蘭小姐。

在少女面前舉起劍的她，臉上不帶任何表情，看起來像是已經抽離了所有感情似的。

紫羅蘭小姐揮下手中的劍。

這個瞬間，我動了起來。

我摟住她的腰朝後方跳開。

「屍體動了？」

紫羅蘭小姐似乎也察覺到了。

原本倒在地上的士兵爬起來朝她揮劍。倘若我沒有在千鈞一髮之際將她拉開，紫羅蘭小姐現在已經被砍中了。

「聖域在拒絕我……這下不好處理了。」

「就像對病毒有所反應的防毒軟體那樣？」

我一邊忙著把喪屍踹飛，一邊這麼開口。

「我不太懂你這個比喻呢。」

「抱歉，其實我自己也不清楚。順便問一下，妳如果在這裡死掉會怎麼樣？」

「大概會回到一開始的房間，被銬在牆上吧。」
「這樣很麻煩呢。妳會用劍嗎？」
「不至於完全不會。」
「那還是我來用比較好。」
我從紫羅蘭小姐手中接過自己的劍，朝附近的喪屍兵劈砍。
儘管能夠將敵人一刀兩斷，但新的喪屍兵隨即接二連三湧現，我們就這樣慢慢被包圍。我馬上打消了殲滅敵方的念頭，努力往前方殺出一條生路。
紫羅蘭小姐用她腳上的高跟鞋用力踐踏倒地的喪屍。
「沒有魔力的話，妳的實力就變得很微妙耶。」
「剛才不是說過了嗎？我只是個手無縛雞之力的弱女子呀。不過，就算沒有魔力，你還是行動自如呢。」
「我剛才也說過啦，沒問題。」
我揮劍橫掃一批湧過來的喪屍。
「我從小就懂得如何操控魔力，因此，我配合自己的成長狀況，把肉體改造成最適合戰鬥的狀態。我透過魔力操控自己的肌肉、神經和骨骼來成長。」
揮劍一次砍殺三個敵人後，我一腳將從旁襲擊我的喪屍踹飛。
這些喪屍只是數量很多，但動作全都遲鈍無比。反而可以讓我毫無顧忌地開無雙。
「你的實力壓倒性的強呢。就好像把小孩子踹飛的大人那樣。」

「我想聽更帥氣的比喻耶。」
「如果舉辦『無法使用魔力的人類競技大賽』，你一定能拿下冠軍。」
「這個比喻好多了。」
話雖如此，但若是陷入長期戰，我的體力遲早會耗盡。在無法使用魔力的情況下，我不可能將這群數量多到一直綿延至地平線盡頭的喪屍屠殺殆盡。
可以的話，真希望能驅使魔力來轟轟烈烈地殲滅。
我硬是突破重圍，以手中的劍刺穿仍在持續哭泣的少女。
「對不起喔。」
鮮血從少女口中溢出，我們被喪屍大軍團團淹沒，接著，世界再次碎裂。
待黃昏時分的戰場粉碎後，我和紫羅蘭小姐又重新進入黑暗的世界裡。
「妳還好嗎？」
「託你的福。」
紫羅蘭小姐這麼回應收劍入鞘的我。在黑暗中前進了片刻後，又一道光芒籠罩了我們。
就這樣，我們抵達了聖域中央。

回過神來的時候，亞蕾克西雅發現自己佇立在一條白色長廊上。這條長廊無邊無際地延伸出去，看不到盡頭。裝設了鐵柵欄、看起來像監獄的房間並排在長廊兩側。

雖然沒有任何光源，這裡卻十分明亮。看起來像是現實，又宛如夢境，是個讓人感覺雙腳彷彿沒有踩在地上的空間。

走在最前頭的奧莉薇踏出步伐。阿爾法從後方追上她的腳步，亞蕾克西雅一行人也紛紛跟上。

有著美麗的成年精靈族外貌的奧莉薇，每踏出一步，看起來就變得稚嫩一些。不知不覺中，她已經變成一名小女孩的模樣了。

小奧莉薇直接穿越了鐵柵欄，走進牢房裡縮成一團。

「過去，許多無家可歸的年幼孩子們被帶來這個地方。」

阿爾法的嗓音在不斷綿延的白色長廊上迴盪。

她踏出腳步。

不知何時，長廊兩側的牢房裡出現了多名年幼的孩子。男孩、女孩、人類、精靈族、獸人。除了年幼以外，他們沒有其他共通點。

「在這裡的孩子們，成了某個實驗的實驗體。」

阿爾法在某個牢房外頭停下腳步。

裡頭有個女孩子。看起來似乎已經精神失常的她，在牢房裡面瘋狂暴動。用腦袋四處猛撞、不停以指甲抓牆壁、在地上猛烈打滾。看起來像是想試著逃離痛苦。

阿爾法邁開腳步。

這次她駐足的牢房，裡頭是一個渾身是血的女孩子。不過，那些血不只是來自她的自殘行為。發生在女孩肉體上的異樣變化，讓鮮血不斷從她裂開的皮膚中滲出。

亞蕾克西雅對這種肉體逐漸發黑、腐爛的變化有印象。

「是〈惡魔附體者〉……」

不知是誰這麼出聲輕喃。

「大多數的孩子，都因為無法適應『那個』而死亡。」

阿爾法再次往前走。

接下來的牢房裡頭空無一人。有的只是沾滿血跡的牆壁、地板，以及宛如求救般的血手印。

阿爾法沒有停下腳步，繼續往前走。

孩子們在飽受痛苦折磨後死去——每間牢房呈現出來的光景都很類似。

「太過分了……」

蘿絲掩著嘴發出悲嘆。亞蕾克西雅也在內心表示同意。

這些孩子們的死法有一個共通點。女孩子會以〈惡魔附體者〉的狀態死去，男孩子則不會變成〈惡魔附體者〉。

「最後能夠適應的，只有極少數的女孩子。」

至此，阿爾法停下腳步。

待在牢房裡的，是比剛才的小奧莉薇更年長一些的奧莉薇。她身上不見任何傷口，臉上也沒有露出痛苦的表情。只是靜靜地抱著雙腿，注視著對面的牢房。

對面的牢房裡頭到處都是血跡。但在下個瞬間，那裡像是切換到另一個畫面似的被打掃乾淨，同時出現了一個小女孩。在小女孩經歷痛苦煎熬而死去後，馬上又有其他孩子被關進同一間牢房。

年輕的奧莉薇一直看著這樣的光景再三上演。

「為什麼要做出如此殘忍的……」

蘿絲以顫抖的嗓音開口。

「這是為什麼呢，代理大主教涅爾森？」

阿爾法轉頭望向涅爾森。

後者先是別過臉去，在嚅囁了半天後，才輕聲開口：

「我們需要能夠和魔人迪亞布羅斯相抗衡的力量……」

「這是教團的說詞。無論這樣的說法是真是假，奧莉薇確實砍下了魔人迪亞布羅斯的左手。她是適應了『那個』的極少數孩子的其中之一。」

說著，阿爾法邁開步伐。

「妳剛才反覆提到的『那個』是什麼？」

聽到亞蕾克西雅這麼問，阿爾法一瞬間停下腳步回答：

「迪亞布羅斯細胞──吾等是這麼稱呼的。為了對抗魔人迪亞布羅斯，教團選擇吸收迪亞布羅斯的力量。」

「吸收魔人迪亞布羅斯的力量……？原來這不只是童話故事的內容嗎？」

「吾等也未曾親眼見識過，只是看過歷史資料這樣記載而已。如果想當成普通的童話故事看待，也是妳的自由。」

語畢，阿爾法再次踏出腳步。

「事到如今，我並不打算討論這段遠古傳說的真偽。說起來，這個記憶的世界，也不知道究竟有幾分真實。記憶會隨著時光流逝而褪色，會轉化成記憶持有者本人渴望的內容。」

阿爾法陸續從並排的牢房外頭走過。

至此，空牢房變得愈來愈多，奧莉薇也成長為一名美麗的少女。而她的臉蛋果然和阿爾法十分神似。

「成長之後，得到迪亞布羅斯力量的奧莉薇，被指派了一個任務。」

「前往討伐迪亞布羅斯……是嗎……」

聽到蘿絲這麼問，阿爾法搖搖頭。

「雖然史料上這麼記載，但吾等判斷這是捏造出來的一段歷史。奧莉薇接到的任務，恐怕是採取新的迪亞布羅斯細胞才對。」

「妳少胡言亂語！」

涅爾森怒吼。他以一張漲紅的臉怒瞪著阿爾法。被一名黑衣女子從後方揪住衣領後，他像隻青蛙那樣「咕呃！」叫了一聲。

「在獲得力量後，奧莉薇依舊對教會十分順從。雖然不確定真正的理由為何，但吾等判斷奧莉薇由衷希望自己能打倒迪亞布羅斯，讓世界重獲和平，所以才願意協助教會。」

奧莉薇從牢房裡走了出來。

準備踏上旅途的她，身穿一襲鎧甲，腰間也配著一把劍。看到這樣的奧莉薇的表情，亞蕾克西雅認同了阿爾法的考據。

奧莉薇想必打從內心希望和平降臨這個世上吧。浮現在她臉上的情感是覺悟和希望。

在無限往前延伸的白色長廊上前進片刻後，她的前方出現一道炫目的光芒。

「然而，教團的目的並非如此。」

下一刻，光芒充滿了整個世界。

「教團的目的，是將迪亞布羅斯的力量占為己有……」

滿溢著光芒的世界像鏡子那樣破裂、粉碎後，呈現在眾人眼前的，是另一個嶄新的世界。

是戰場。但戰場上沒有戰士。

時值黃昏。在這個屍橫遍野的戰場上，有一群身穿白袍的男子圍繞著一個黑色的塊狀物。

這裡不見奧莉薇的身影。

阿爾法朝那個黑色塊狀物走近。亞蕾克西雅等人也隨後跟上。

「這是什麼呀……」

蘿絲輕聲驚嘆。

那個黑色塊狀物，原來是一隻巨大的手臂。漆黑、粗壯、醜陋而肥大化的怪物手臂。看起來像是血腥的肉片緊黏在幾根長長的銳利爪子上。

「這是迪亞布羅斯的左手。儘管被砍斷，這隻手卻仍然活著。」

一如阿爾法所言，這隻左手是活的。

掉以輕心地朝那手臂走近的一名白袍男子，被利爪貫穿身體當場喪命。雖然被鎖鍊和鋼釘緊緊固定住，但迪亞布羅斯的左手仍不斷釋出龐大的魔力。

「教團利用精密的古文物，成功將迪亞布羅斯的左手封印住。但這個封印並不完整，導致扭曲的力量孕育出聖域。不過，這又是另外一回事了。教團的目標，是迪亞布羅斯細胞所具備的驚人生命力。」

白袍男子抽乾了這隻被束縛的左手裡頭的血液，又削去上頭的皮肉。

然而，過了一段時間後，流失的血液和皮肉又重生了。

「透過研究迪亞布羅斯的左手，教團研發出能夠強化人類肉體的藥物。儘管存在著副作用，但不同於過去進行的那些實驗，這款新藥男性也能夠使用。」

阿爾法從懷裡取出一顆藥丸，以指尖彈飛。

藥丸以拋物線落地，撞上涅爾森的鞋子後停止滾動。那是亞蕾克西雅也看過的紅色藥丸。

「這就是支撐教團的力量。然而，教團真正的力量來源並不是這種藥丸。在封印迪亞布羅斯的肉體，並耗費漫長歲月進行研究後，教團研發出這種藥劑。」

眼前的場景變換了。

眾人身處的場所變成一個白色的實驗室。一群白袍男子圍繞著一張桌子，靜待「那個」完成的瞬間。

一滴液體落在小小的器皿之中。

「據說，那閃耀著光芒的鮮紅液體，簡直就像是迪亞布羅斯的血液。」
那是散發出耀眼光澤、鮮紅如血的液體。
男子們發出歡天喜地的驚嘆，一名身為代表人的男子以舌頭舔了那滴液體。
「服下那種液體，就能得到極大的力量……以及長生不老的肉體。看來，吾等的假設果然是正確的呢。」
阿爾法將視線移往涅爾森所在的方向。後者像是要藏住自己的臉那樣沉默地低下頭。
「那麼，各位不覺得那名白袍男子——」
阿爾法指著白袍集團一角的某名男子這麼開口。
「跟身邊這位代理大主教涅爾森長得很像嗎？」
「……難道！」
亞蕾克西雅連忙望向涅爾森的臉。
如同阿爾法所說的，涅爾森長得和那名白袍男子一模一樣。兩人的臉蛋已經不是「相似」一詞足以形容，看起來就是同一個人。
「這種神奇的藥物叫做什麼名字呢？」
「……『迪亞布羅斯精華』。」
涅爾森輕聲回答。
「謝謝。不過，這個『迪亞布羅斯精華』並非完美，其有著兩個重大的缺陷。」
亞蕾克西雅已經發現了其中的一種缺陷。現在的涅爾森頂上無毛，但過去的涅爾森……

「過去的代理大主教涅爾森有頭髮。看來長生不老的效力並不夠徹底呢。」

亞蕾克西雅笑道。

「不是的。」

阿爾法這麼否定。

「是壓力造成我大量落髮。」

涅爾森這麼斷言。

「對不起。」

亞蕾克西雅這麼賠罪。

「兩大缺陷的其中之一，就是『迪亞布羅斯精華』這種物質必須定期服用，否則效力無法維持。對吧？」

「一年得攝取一次。」

「我想也是。第二種缺陷，則是『迪亞布羅斯精華』一次能生產的量少之又少。」

「嗯，沒錯。一年只能產出十二滴精華。」

「十二滴呀。這麼說來，『圓桌騎士』的人數也是十二人吧？」

「哼……」

涅爾森垂著頭哼笑一聲。

「教團裡存在著力量超乎常人、被稱為『圓桌騎士』的十二名騎士。教團裡的所有成員都以成為圓桌騎士為目標，渴望擁有他們那種終極的力量，以及永恆不滅的壽命。我說得沒錯吧？」

涅爾森以喉頭發出「咯咯」的笑聲。

「為了將『迪亞布羅斯精華』提昇至百分之百完美的程度，教團對這方面的研究傾注了全力。而關鍵就在於迪亞布羅斯被封印的肉體，以及承襲了純正英雄血脈的子孫。例如我這種體內有著濃厚的奧莉薇血脈的子孫。」

「正是如此。我就是『圓桌騎士』的第十一席，『貪婪』的涅爾森。」

涅爾森抬起頭來，他的雙眼泛出紅色的光芒。

感覺到有一股龐大魔力開始打轉凝聚的亞蕾克西雅，連忙擺出備戰架勢。

然而，在下一瞬間，涅爾森的心臟便被漆黑的刀刃所貫穿。原本揪住他的那名女子，眨眼之間便取了他的性命。

涅爾森的身體無力地癱倒在地。

「不好意思，阿爾法大人。但戴爾塔覺得要解決這個傢伙比較好的說。」

聽起來有些一派輕鬆的嗓音傳來。

「戴爾塔很擅長狩獵的說。之前還在深山裡把野豬……」

「戴爾塔……」

「給我住口。」

戴爾塔露出「糟糕！」的表情張望四周，然後掩住嘴巴。

「還有，把妳的獵物看清楚吧。」

被一刀斃命的涅爾森的屍體，先是裂成好幾片，接著從邊緣開始慢慢粉碎崩落，最後消失殆盡。
這不是正常人的死法。
看起來簡直像是鏡子碎裂那樣……
「要來嘍。」
戴爾塔在阿爾法出聲警告的同時做出反應。
在一把巨劍將她一刀兩斷前，戴爾塔便趴在地上閃過這一擊。
驚人的風壓掃向亞蕾克西雅一行人。趴在地上的戴爾塔宛如野獸般撲向敵人。
她的牙齒和巨劍交錯。
「活像頭野獸似的……」
「戴爾塔很擅長狩獵的說。」
涅爾森輕喃，戴爾塔則是像一頭野獸那樣笑出聲。
戴爾塔的犬齒上沾著血，涅爾森的臉頰出現了一道撕裂傷。但後者毫不在意地拭去臉上的血。下一刻，那道傷口隨即癒合。
戴爾塔將漆黑的刀伸長，蹲低身子，擺出宛如野獸的應戰姿勢。
就在這時候——
「等等，戴爾塔。」
阿爾法的聲音讓戴爾塔的身子一顫。
「妳的耳朵露出來了。」

「啊……！」
戴爾塔的一雙獸耳，從戰鬥裝束的縫隙之中探出。
她慌慌張張地將耳朵藏起來之後，反而不慎讓白皙的臀部走光，毛量蓬鬆、高高豎起的尾巴也跟著左搖右晃。
「獸人……」
蘿絲輕聲開口。
「咦？那個，阿爾法大人。戴爾塔覺得自己的魔力好像一直被吸走的說。」
「因為我們現在很靠近聖域中央。」
涅爾森回答了戴爾塔的疑問。
「聖域是屬於我們的領域。愈是靠近聖域，妳們就會變得愈無力。」
涅爾森的聲音聽起來有兩個聲線重疊。他的身影在不知不覺中一分為二，又在不知不覺中合而為一。
「雖然想等更靠近中心點之後再動手……不過，到了這裡，應該也足夠了吧。我就重新自我介紹一下好了。」
涅爾森將長度跟一個成年人身高差不多的巨劍輕鬆扛在肩上，輕輕朝一行人低頭致意。
「我是『圓桌騎士』第十一席的『貪婪』涅爾森。就讓妳們徹底後悔和教團為敵一事吧。」
他的臉上已經沒了聖職者的和藹。那是一張勇猛猙獰的戰士的臉。

周遭的景色變了。
這是個一望無際的白色空間。天空、大地和地平線的另一頭，都是清一色平坦的白。
阿爾法、戴爾塔和涅爾森三人對峙著。
涅爾森的身影先是變得模糊，接著一分為二。
戴爾塔蹲低身子，緩緩拉近自己和涅爾森的距離。
阿爾法則是維持著雙手抱胸的姿勢，甚至連武器都沒有掏出來。只是對分裂成兩人的涅爾森投以觀察的犀利視線。
「……嘶！」
戴爾塔在發出吐氣聲的同時進攻。
將身子壓得很低的她，看起來有如以四隻腿在地面奔馳的野獸。
戴爾塔憑著衝刺的力道，將漆黑刀刃橫砍出去。
那是一把長度遠超過一般人身高的長刀。她的攻擊沒有技巧，也毫無戰略可言，有的就只是純粹的暴力。
駭人的衝擊撼動了現場的空氣。
足以橫掃一切的暴力襲向涅爾森，將他砍飛。

儘管勉強擋下了這一刀，但他的臉上滿是藏不住的錯愕。

「妳這怪物……！」

戴爾塔笑了。

第二個涅爾森上前阻止戴爾塔乘勝追擊。他以巨劍從旁揮向還在奔跑的她。

然而──

「你是第一個。」

「啊……？」

漆黑刀刃貫穿了正準備揮下巨劍的涅爾森的臉。

不知何時繞到涅爾森背後的阿爾法，以手中的刀刺穿了他的頭部，然後直接將涅爾森的頭砍了下來。

沒有製造半點聲響，也沒有透露出絲毫殺氣。她就只是淡淡地將涅爾森的頭砍飛。

鮮血從斷頸處噴出，將潔白的大地染上鮮豔的紅。

然而，下一瞬間，這具屍體宛如破裂的鏡子那樣碎成碎片，然後消失無蹤。

「砍下去時是人體的觸感。動作、氣味也都是人類的感覺。這也是聖域的防衛機能嗎？」

阿爾法望向手中的劍刃這麼輕喃。連方才沾染在上頭的血跡都消失了。

「正是如此。」

涅爾森隱藏住自身動搖的反應，重新擺出備戰架勢。他的身影再次一分為二，甚至二分為四。

「看來是我太輕敵了一些。這次就用四個人來對付妳們倆吧。」

語畢，其中三名涅爾森衝向前方，只留下一人在原地。

戴爾塔衝向那三名涅爾森。

無論是在人數上占下風的戰況，或是被包圍的風險，都跟戴爾塔無關。她只是瞄準目標猛攻。

「野獸終究只是野獸啊……」

涅爾森笑道。

戴爾塔也笑了。

她將正面的涅爾森連同他的巨劍一同劈個粉碎。

但剩下的兩名涅爾森隨即包圍她展開攻擊。

朝水平方向揮出的巨劍，宛如鉗子那樣從前後包夾戴爾塔。

被斷了退路的她，揮刀將從前方逼近的巨劍彈開，再轉頭望向後方。

然後——

戴爾塔張口咬住從身後砍來的巨劍。

伴隨一陣鈍重的聲響，她的犬齒狠狠將巨劍咬碎。

「啥……？」

涅爾森發出聽起來很蠢的驚嘆聲。

在他難以置信地揉眼睛的同時，阿爾法解決了剩下的兩名涅爾森。

「這怎麼可能……」

阿爾法跟戴爾塔大半的魔力應該都被侷限住了，而且，聖域的力量也會讓她們無法穩定駕馭自身的魔力。照理說，她們應該無法好好戰鬥才對。

然而，即使身處這種實力受限的情況，那兩人仍撂倒了好幾個涅爾森。

用常識思考的話，這應該是不可能發生的事情。

「妳們真的是以自己的力量覺醒的嗎……這樣的做法應該已失傳了才對……」

阿爾法以微笑回答了涅爾森輕聲道出的疑問。

戴爾塔則是忙著對自己身上那襲史萊姆戰鬥裝束下功夫。她用手揪住史萊姆，將其黏附在自己的胸前和下半身，完成了簡易的三點式鎧甲。

以最底限隱藏住臉蛋和身體後，戴爾塔看似滿足地點了點頭。

「無……無妨，這點程度還在我的想像範圍之內……」

涅爾森以微微顫抖的嗓音開口。

「讓妳們見識一下吧，這就是我的全力。」

道出這句話的同時，涅爾森的人數再次增加。

這次的人數完全不是方才所能比擬。遠超過十個人——說不定逼近百人。

「好多好多的獵物喔……」

戴爾塔樂不可支地笑道，然後像剛才那樣，朝涅爾森的大量分身衝了過去。

「連自己在人數上占劣勢都無法理解嗎，妳這頭野獸！」

然而，在戴爾塔和涅爾森交鋒的瞬間，後者的表情變得僵硬。

好幾名涅爾森同時飛向空中。這是令人難以置信的光景。

「啊啊啊啊啊啊啊啊啊啊啊啊啊啊啊！」

戴爾塔的咆哮，聽起來簡直像是惡劣的狂笑聲。

虐殺開始了。

在一段距離外，亞蕾克西雅茫然地眺望戴爾塔握住手中的漆黑刀刃，像電風扇的葉片那樣旋轉的模樣。

她的劍法跟闇影的不一樣，跟阿爾法或伊普西龍的也不一樣。

沒有既定的套路，也沒有任何技巧可言，就只是純粹的暴力。這跟亞蕾克西雅所認定的「強大」的方向性截然不同。

妳這樣真的可以嗎？

她不禁想這麼詢問戴爾塔。

不過，戴爾塔的強大仍是不爭的事實。而且強到超越極限。

待阿爾法一同加入戰場後，將近百人的涅爾森幾乎在一瞬間被殺光。

「為什麼……妳們為什麼能這麼輕易地……」

「你想必一直是個埋首做研究的學者吧。」

阿爾法以帶點憐憫的嗓音開口。

「不管增加了多少分身，作為控制中樞的腦袋都只有一個。人類的腦袋可沒有優秀到能同時控制多個自己。要是數量多達一百人，每個分身大概就跟稻草人差不多了吧。」
接著，戴爾塔撂倒最後一個分身，甩著尾巴朝涅爾森本尊靠近。
「還剩一匹～……」
浮現在她臉上的，是極其凶狠的笑容。宛如渴望鮮血的野獸那樣。
「噫……！」
涅爾森往後退。
「看來，你似乎也沒辦法無止盡地創造出分身呢。」
看著這樣的他，阿爾法淡淡地道出自己的見解。
實際上，涅爾森確實已經沒有能創造出分身的多餘力量了。

所以……

他召喚出保護聖域的最終守門人。
「來啊……快來啊啊……！」
周遭的空間，像是回應涅爾森窩囊的吶喊聲那樣裂開。
光芒從裂縫中滲出，形成一名女性的輪廓。有著跟阿爾法相同樣貌的女性……
「奧莉薇……」
亞蕾克西雅輕呼。

那是英雄奧莉薇。然而，她的一雙眸子了無生氣。宛如彈珠那樣空洞的眼睛，感覺得到某種淡淡的憂傷。

她像是企圖保護涅爾森那樣擋在戴爾塔前方。

戴爾塔笑出聲。

不過，罕見的是，她並沒有馬上對奧莉薇出手。也沒有試圖逼近她。

只是以充血的雙眼，細細打量出現在眼前的獵物。

「英雄奧莉薇……妳果然是……」

阿爾法咬住下唇。

戴爾塔則是舔了舔嘴唇，抹去自己流淌出來的口水。

就在這時候——

「阿爾法大人，調查結束了！」

一名有著豐盈體態的黑衣女子現身。但不知為何，她出現在相當遙遠的地方。

「伊普西龍……這樣的話，事前偵察就告一段落了。」

說著，阿爾法轉身。

「妳……妳們想逃走嗎……！」

涅爾森以鬆了一口氣的嗓音問道。

「我對小角色的性命沒有興趣。吾等的目的是斷絕力量來源。更何況，現在也弄清楚聖域的防衛機制了。下次，吾等會強行打開入口進來。」

「妳……妳以為我會放妳們走嗎！」

「哎呀，你願意繼續追殺過來嗎？」

「噫！」

涅爾森嚇得躲到奧莉薇的背後。

「走嘍，戴爾塔……戴爾塔！」

阿爾法捏住戴爾塔的後頸，但後者卻打掉她的手，露出牙齒威嚇。

「嘎啊！」

「啊？」

戴爾塔吃了一驚，這才回過神來。

「嘎嗚～對不起的說……」

「走嘍。」

「是……」

垂下耳朵、尾巴也捲起來的戴爾塔乖乖跟上阿爾法的腳步。

「阿爾法大人，快點！出口在這邊！快點、快點！」

伊普西龍一邊連聲催促，一邊朝兩人猛揮手。重點部位的兩塊史萊姆隨著她的動作不停搖晃。

所有人穿越她所指的發光裂縫離開後，聖域恢復了平靜。

涅爾森癱坐在地上，放心地吐出一口氣。

「也……也罷，反正我記住那個叫阿爾法的精靈的臉了。只要取得她的血液，實驗就能朝完成階段更加邁進。這些都在我設想的範圍內。」

他不停碎唸著。

「首……首先得跟上頭報告。就當成是我把阿爾法引誘到聖域裡，讓她落入圈套，進而被我發現真面目——用這樣的說詞去邀功吧。」

為了自保，他開始拔腿奔跑。

「然後……嗯？」

這時，涅爾森感覺到聖域出現的些微異常。

「難道……有鼠輩闖進聖域中心了嗎？」

涅爾森環顧四周，露出邪惡的笑容。

「哼，就讓我好好玩弄一番，來抒發心中這股怨氣吧。跟上來，奧莉薇。」

涅爾森和奧莉薇的身影雙雙消失。

因為很麻煩所以爆炸吧！

三章

這裡是個類似遺跡的地方。

先前那種朦朦朧朧，宛如置身夢境之中的感覺消失了，這裡略微冰冷的空氣，讓我的感官甦醒過來。

上方的天花板很高，魔法形成的光芒照亮了這一帶。

「這裡就是聖域中央了。」

紫羅蘭小姐轉了一圈環顧周遭。

「那麼，我要破壞什麼？」

沒看到魔力核心之類的東西。倒是一段距離外有一扇巨大的門。

「好像是在那扇門的另一頭。」

說著，紫羅蘭小姐在石子路上邁開腳步，朝巨大的門走去。

「原來如此。」

我也跟上她的腳步。

這扇門非常巨大，感覺可以同時讓一百個人穿越……好像說得太誇張了。

總之，這扇門很大就是了。

這扇老舊的大門上沾染著黑褐色的血跡，正面刻上了滿滿的古代文字。門板上纏繞了好幾圈比人類軀體還粗壯的鎖鍊，門扉緊緊掩著。

「把這條鎖鍊砍斷，就能打開門了吧？」

「應該是。」

我握住鎖鍊的一環，試著拉開。

一動也不動。

「嗯，看樣子沒辦法。」

就算我能在「無法使用魔力的人類競技大賽」之中拿下冠軍，也不可能以物理的方式處理這麼粗的鎖鍊。

就算用劍砍，恐怕也只會把劍折斷吧。

「那個啊，我想應該有鑰匙才對。」

「原來如此，這倒也是呢。」

我們花了三秒鐘找到鑰匙。

大門旁的一個台座上，插著一把外觀相當華麗的劍。

「不管怎麼看，應該都是它吧。」

「不管怎麼看，都是它了呢。」

插著那把劍的台座上，也刻著密密麻麻的古代文字。

「用這把劍的話，應該就能砍斷鎖鍊了。」

紫羅蘭小姐一邊解讀上頭的古代文字，一邊這麼對我說。

然而，我明白了一件事。插在台座上的劍——這樣的安排……我再清楚不過。

「可是，我無法拔出這把劍……」

「咦……？」

「我已經猜到了……」

說著，我伸手握住劍柄，試圖將那把劍拔起來，但如我所料，插在台座上的劍一動也不動。

「果然……是這麼一回事嗎……」

我以煞有其事的語氣低喃。

「只有被選中之人，才能拔出這把劍……」

「你說什麼……！」

紫羅蘭小姐慌慌張張地以手指撫過台座上的古代文字。

我也鬆開了握住劍柄的手。

「這把劍……拒絕了我……」

雖然順勢說出這種話，但我其實沒有特別感受到什麼排斥反應。

不過，「插在台座裡的劍，只有萬中選一的勇者才能拔起來」可是所有世界共通的常識，也是一種傳承已久的設定。

「只有英雄的直系血親才能拔出這把劍……上頭確實這麼寫著。真虧你能在一瞬間解讀這些加密過的魔法文字呢。」

「哼……因為我對所有既定的套路瞭若指掌啊……」
「意思是，你熟知魔法文字經過加密後的所有既定形式……是嗎？」
「想必就是那樣。」
我心滿意足地點點頭。
插在台座裡的聖劍，和必須使用聖劍來解除封印的一扇大門。雖然是老掉牙的機關，但我超級喜歡。
真不錯啊，很有異世界的感覺。
「傷腦筋……」
紫羅蘭小姐這麼輕嘆，同時在台座上坐下。
「有其他解決方法嗎？」
我在她的身旁坐下。
「這上頭沒有記載。」
「是喔。」
我們沉默著思考了片刻。我想，我跟紫羅蘭小姐腦中思考的，大概是不一樣的事情。
於是，我開口問道：
「妳想消失嗎？」
「消失？」
「破壞這裡的核心的話，妳就會消失吧？」

「是呀。不過，與其說是消失，或許比較接近重獲自由才對。」
紫羅蘭小姐沒有望向我，只是淡淡微笑。
「有什麼不同嗎？」
「這裡是只能看著記憶永無止盡地重演的牢籠。對我來說，實在有些難熬呢……」
她以幾乎要消散在空氣之中的細微音量這麼說。
「這樣啊。那我們就再等一下吧。」
「等一下……？」
「再等一下，或許就能找出打開這扇門的方法了。不過，在這之前……有訪客出現了呢。」
大門前方出現了一道光芒形成的裂縫。
裂縫逐漸擴大，一名禿頭大叔和精靈族的美女從裡頭走了出來。
「嗯……？」
「怎麼了？」
「沒什麼。只是那位精靈小姐長得跟我朋友很像呢。」
不過，她們是不同人物。無論是骨架、走路的樣子或舉手投足的表現，看起來都不一樣。
「哦……你把歐蘿拉帶出來了啊。」
禿頭大叔看著紫羅蘭小姐這麼開口。
「你們認識嗎？」
「我沒看過這個人呢。不過，我的記憶並不完整，所以說不定有在哪裡見過吧。」

我和紫羅蘭小姐悄聲交談。

「不過，真是遺憾啊，憑你們是打不開這扇門的。」

禿頭大叔得意地笑了。

「那邊那小子也真是多災多難啊。」

「我？」

我指著自己問道。

「雖然不知道你是怎麼迷路到這裡來的，但被魔女誘騙至此的你，只能死在奧莉薇的刀下了。」

在禿頭大叔的一聲令下，精靈族美女走上前。

雖然禿頭大叔的實力不怎麼樣，但這個美女感覺很強。

「不行，她可是……」

「我明白。她很強呢。」

「我們逃走吧。」

「為什麼？」

我和紫羅蘭小姐再次悄聲討論起來。

「要恨的話，你可別恨我，就恨自己身邊那個魔女，還有愚蠢至極的自己吧……！給我殺，奧莉薇！」

奧莉薇小姐舉起她手中那把看起來跟聖劍極為相似的劍。

我則是拔出學園配給的廉價劍。她宛如彈珠的一雙眸子直直盯著我。

我感覺到自己的臉上浮現笑意。

「等等，不能跟她交手！」

為什麼？

紫羅蘭小姐的呼喚從身後傳來。

這場戰鬥，從席德被一擊打飛開始。

他以驚人的速度猛力撞上石牆，嘔出一口鮮血。

然而，奧莉薇並沒有允許他就這樣倒地。她朝水平方向揮出聖劍，企圖砍斷席德的頸子。

席德的人頭落地——那是足以讓人產生這種錯覺、在一瞬間完結的攻防戰。

面對奧莉薇的橫砍，席德蹲低身子勉強避開。奧莉薇這一劍，在石牆上留下了深深的水平刀痕。

不過，席德明白奧莉薇馬上會使出下一招。因此，他朝奧莉薇踏出一步，企圖瓦解她最佳的攻擊距離。

但他這樣的抵抗依舊化為徒勞。

比起席德踏出一步的速度，奧莉薇後退半步的速度要來得快上許多。

半吊子地向前一步而毫無防備的他，再次被奧莉薇的劍砍飛。

「鏗！」的清脆聲響傳來。席德的劍斷了。

雖然來得及防禦，但他那把廉價的劍也應聲斷裂。席德的身體重重摔在石磚地板上並滾了好幾圈。

這已經不能稱作是一場戰鬥了。完全是單方面打壓。

然而，這也理所當然。

這不是技巧高低的問題。力量、速度、體力——單純是這兩人的能力落在完全不同的次元罷了。

就像成年人跟嬰兒的戰鬥無法成立那樣，當無法使用魔力的少年對上能夠使用魔力的英雄，會發展成這樣的事態，可說是心知肚明之事。

一開始的那記攻擊，沒有馬上讓勝負揭曉，就已經算是奇蹟了。

「奧莉薇，只是解決一個毛頭小子，妳要耗費多少功夫？」

涅爾森「嘖」了一聲，以不悅的語氣這麼開口。

在奧莉薇停止動作的期間，席德爬起身。臉上沾染著鼻血的他，啐了一口鮮紅的口水。

接著，他端詳斷成兩半的劍，像是想要確認什麼似的揮了幾下。彷彿是認為自己還有機會使用這把劍。

「你在做什麼？」

「嗯？」

聽到涅爾森的提問，席德微微歪過頭。

「你以為自己還能用那把折斷的劍做些什麼嗎？」

「這很難說啊。不過，能做到的事的確變少了呢。」

「你的表情是怎麼回事？」

「嗯？」

「你為什麼在笑？」

被這麼一問，席德伸手摸了摸自己的臉。他的嘴角確實是上揚的。

「沒有比『搞不清楚自身處境的人』更令人不悅的存在了。你現在還活著，純粹是因為運氣好罷了。」

涅爾森揮手指示奧莉薇行動。

她輕而易舉地繞到席德背後揮下聖劍。

至此，無論是反擊、防禦或迴避的動作，全都來不及。

席德唯一能夠做的，就只有朝前方撲倒。

下一刻，鮮血從他的背部噴出。

儘管這一刀砍得他皮開肉綻，但至少有避開致命傷。席德只能透過這樣的方式苟延殘喘。

奧莉薇再次對毫無防備的他發動攻擊。

這是不允許反擊的、冷酷無情的一連串攻擊。

鮮血不斷噴濺至半空中，席德身上不算淺的傷口也愈來愈多。

不過，他仍然活著。

「這怎麼可能……」

涅爾森輕喃。他的嗓音中蘊含著不小的震撼。

「你為什麼還活著？」

確認奧莉薇沒有發動追擊後，渾身是血的席德從地面上起身。

「沒有對話的戰鬥十分單調。所以我活到了現在。」

「你在說什麼？」

「她沒有心。無法回答我的問題。」

席德看似有些遺憾地笑了。他上揚的嘴角沾染著鮮紅的血。

「夠了，快殺了他！」

涅爾森露出像是看到令人作嘔的生物般的眼神。

奧莉薇動了起來。在她的攻擊即將逼向席德的瞬間，一道身影闖進戰場。

「住手。」

那是一名有著漆黑長髮和紫色雙眸的美女。歐蘿拉攙扶著席德起身。

「妳怎麼了？」

「別再打下去了。」

歐蘿拉這麼開口規勸席德。

打從一開始，她就明白結果會變成這樣。在目睹奧莉薇身影的瞬間，歐蘿拉便理解到了她的強大。

歐蘿拉的記憶並不完整。她只記得自己一半的人生。儘管奧莉薇沒有出現在這段記憶當中，但不知為何，歐蘿拉就是知道她很危險。明明沒有奧莉薇的相關記憶，她的內心卻十分懼怕，彷彿自己認識這個人。

因此，她拚命攔阻席德。

然而，一反她的預測，席德持續戰鬥到現在。

如果是他的話，說不定……因為內心懷抱著這種淡淡期待，歐蘿拉沒能及早出手阻止。

不過，已經夠了。

在歐蘿拉飽受鄙夷眼光的人生當中，沒有半個人願意為她賭上性命。現在，她已經擁有了這段無法忘懷的回憶，所以夠了。

「你沒有必要葬送性命。接下來我會想辦法。」

「無法使用魔力的魔女能做什麼？」

涅爾森嗤笑道。

「至少可以讓他逃走。」

歐蘿拉像是要保護席德那樣站到他前方。

「魔女竟然會保護人類？沒有比這更荒唐的事情了。不過……要是妳願意協助我們，我就饒那小子一命吧。」

「協助？」

「沒錯，協助。因為妳一直拒絕合作，導致我們的進度延宕。」

「你在說什麼？」

「哼，妳的記憶終究不完整吶。妳只要發誓自己願意協助我們就行了。要是讓我耗費太多功夫，我就殺了妳身後那小子喔。」

歐蘿拉一瞬間轉頭看了席德一眼。

「我明白了……」

「那個，你們不要擅自決定好嗎？」

席德以不帶一絲緊張感的聲音從旁插嘴。歐蘿拉轉頭怒瞪他。

「我說，我可是為了你……」

「沒必要這麼做。」

說著，席德走到歐蘿拉前方。

「我一直在聽你們的對話。請你們不要說得好像我絕對會輸一樣。這讓我很不悅呢。」

「看來，你這小子完全沒有理解狀況吶，真是可悲。要是願意乖乖配合，我還能放你一條生路。」

「都說沒必要這麼做了。」

席德轉頭望向歐蘿拉。

「妳在這邊負責看著就好。」

「夠了，殺了他。」

「等等！」

歐蘿拉伸出的手來不及碰觸到席德。

後者衝向前方，和奧莉薇交鋒。

奧莉薇舉起聖劍對付一股腦兒衝向前的他。

她選擇的攻擊方式是突刺。

這記高速攻擊劈開了空氣，直接刺進席德的腹部。

然後殘忍地貫穿。

「抓到妳了。」

被貫穿身體的席德，以滿是鮮血的一張臉這麼笑道。

他一把揪住奧莉薇的手，使出全力將她拉向自己。隆起的肌肉因超過人體極限而刺痛不已。

奧莉薇的動作靜止了一瞬間。

現在，她和席德之間，只剩下半把劍的距離。

奧莉薇以下腰的動作，避開席德瞄準頸動脈劃過來的劍。

但也因此失去平衡。

席德拋開斷劍，緊擁住奧莉薇的身體，將她壓倒在地。

接著狠狠咬向她的頸動脈。

他的牙齒深陷奧莉薇纖細的粉頸，咬斷了她的動脈。

席德壓制住奧莉薇不停暴動揮舞的雙手，緊緊箍住她的身體，然後咀嚼。每當他的牙齒陷入奧莉薇纖細的頸子，後者的身體就會抽動一下。

最後，奧莉薇的身影終於粉碎。像是被打破的鏡子那樣裂成碎片，然後消失無蹤。

只剩下渾身是血的席德留在原地。

「怎……怎麼會，奧莉薇竟然……！你都已經被貫穿腹部了，為什麼還活著啊！」

席德腹部被貫穿的傷口，無論怎麼看，理應都是致命傷才對。

這種情況下，光是活著就已經很不可思議了，但他竟然還能挺著這樣的傷勢打倒奧莉薇。這根本不是人類能做到的事情。

「人類是會輕而易舉死掉的生物。只是後腦杓稍微撞到便喪命，也不算太罕見的事。我也一樣喔。如果腦袋被人『咚！』地猛打一下，或許真的會一命嗚呼呢。」

席德起身，像是要確認自己身體的狀況那樣以手撫過傷口。

「不過，只要把要害保護好，人類也能變得很耐打喔。就算腹部被貫穿，只要把動脈和重要的內臟保護好，人類就不會死。你不覺得這是很棒的一件事嗎？」

「很棒的一件事……？」

「對啊。這樣就不用花功夫避開攻擊，然後再反擊了嘛。被毆打臉部的同時，也可以出手毆打方的臉部。被貫穿腹部的時候，就能狠咬對方的脖子。攻擊和防禦合而為一，讓反擊的步調加快至極限。可以做出敵人幾乎無法閃避的反擊。」

「你的腦袋……是不是有問題啊？」

涅爾森的表情扭曲，彷彿看到什麼詭異東西似的。

「你沒事嗎……？」
聽到歐蘿拉擔心地這麼問，席德朝她點點頭。
「那麼，因為精靈小姐已經消失了，我接下來的對手就是大叔你了吧？」
涅爾森「咕！」一聲慌張起來。
「我……我明白了。我壓根沒想到奧莉薇會被打敗！看來你的實力相當高強吶。是我錯了，我道歉！」
朝席德一鞠躬之後，垂著頭的涅爾森突然發出咯咯笑聲。
「……你以為我會這麼說嗎？一個無法使用魔力的小子，竟然有能力撂倒奧莉薇，這著實讓我很吃驚。你很了不起喔，雖然只是因為運氣好罷了。不過，就算這樣，贏了就是贏了。恭喜你。」
涅爾森抬起頭拍了幾下手。
「然而，可別只是打倒一個劣質複製體，就得意忘形嘍。這片聖域裡沉睡著無以計量的龐大魔力。所以，我甚至可以這麼做吶——」
語畢，涅爾森揮動手臂，這一帶開始被光芒籠罩。
待光芒收束之後，奧莉薇再次現身。
而且還不只一個。
多到足以塞滿整座遺跡、數也數不清的奧莉薇出現了。
「怎麼會……！」

歐蘿拉發出悲痛的吶喊。

儘管沒有受到致命傷，但席德仍是身負重傷的狀態。他的身體已經無法再戰鬥了。

「這就是聖域的力量！」

無數的奧莉薇逼近。

席德輕笑一聲。

「很遺憾的——時間到了。」

他……一刀砍飛了從全方位攻過來的一群奧莉薇。

「啥！」

不知何時，他的手上握著一把漆黑的刀。

「你從哪裡弄來那把刀……不對，難道你能使用魔力了嗎！」

藍紫色的魔力充斥在席德體內。

濃度極高、凝聚成肉眼可見的狀態，同時閃耀著動人光芒的這股魔力，已經被淬煉、提昇到令人無法想像的程度。

「既然聖域核心會把凝聚起來的魔力吸走，那麼，把自己的魔力淬煉成更加堅固、無法吸收的狀態就好了。雖然要花上一些時間，但做法很簡單。」

不可能很簡單——連被人們稱作魔女的歐蘿拉，都無法實現這般高超的技巧。

「你……你騙人……！哪有人做得到這種事情！快……快給我殺掉這傢伙！」

涅爾森帶著因恐懼而變得僵硬的表情大吼。

無數的奧莉薇再次衝向席德。

然而他伸長的漆黑刀刃，將成群的奧莉薇一口氣砍飛。

「奧莉薇……那個奧莉薇竟然！」

「我說過了吧？時間到了。」

奧莉薇們接二連三地撲向席德。

儘管被漆黑刀刃的橫砍打飛，但幾乎沒有半個奧莉薇因此受損消失。她們以聖劍防禦攻擊，持續不斷地向席德進攻。

「真的很強呢，這樣會沒完沒了。」

成群的奧莉薇襲來，席德將她們砍飛——這樣的攻防在眨眼之間反覆上演。

每次揮刀，都讓鮮血從席德的傷口滲出，他的表情也因痛苦而扭曲。

在場的所有人都明白，這種勢均力敵的戰況無法維持太久。

「哈哈！沒錯，就是這樣！」

涅爾森以僵硬的表情笑道。

歐蘿拉看著席德慢慢陷入困境，雙眼不禁泛淚。

「拜託……請你不要死……」

她只能祈禱他平安生還。

就在這個瞬間——

「我記得——我們原本是要拔出聖劍、砍斷鎖鍊，再破壞聖域的核心對吧？」

在這場漸趨絕望的戰鬥中，席德突然這麼詢問歐蘿拉。
「咦？是的……」
歐蘿拉語帶困惑地回應。
「就算不一一照步驟來做，把這裡的一切都炸掉的話，就沒問題了吧？」
「是沒問題，但……你該不會……騙人的吧？」
席德笑了一聲，然後朝全方位揮刀。
四周的奧莉薇一口氣全數被砍飛，因此有了一段空檔。
席德以反手握刀，然後揮向自己的正上方。
藍紫色的魔力形成不停打轉的漩渦，收束在漆黑刀刃上。
「I Am……」
「這……這股驚人的魔力是？住……住手！」
奧莉薇衝了過來。
跑在最前方的其中一人將聖劍刺向席德。
使盡渾身解數的這一擊，刺穿了毫無防備的他的胸口。
奧莉薇的劍精準貫穿了心臟所在的位置。沾染鮮血的劍尖從席德的背後穿出。
歐蘿拉尖叫著伸出手。
然而——
「……All Range Atomic.」

胸口被貫穿的席德揮下的這一刀，直接刺進大地。
「住手啊啊啊啊啊啊啊啊啊啊啊啊啊啊啊啊啊！」
藍紫色的魔力瞬間渲染了整個世界。
無數的奧莉薇被粉碎，涅爾森直接蒸發，聖劍則被融化。
藍紫色的魔力吞噬了這一帶的所有。
席德釋放出來的這一記攻擊，是短距離全方位殲滅型奧義「I Am All Range Atomic」。
這一天，聖域徹底毀滅了。

回過神來的時候，席德發現自己身處一片黑暗之中。
他試著定睛凝視，仍然看不見任何東西。呈現在眼前的漆黑無邊無際。
分不清上下左右，就連自己的存在都顯得曖昧——在這樣的黑暗中，有什麼東西浮現了。
那是一隻被鎖鍊纏繞的醜陋左手。
看起來位於極為遙遠的地方，但伸出手之後，卻又近得像是能輕易觸及到。
這時，鎖鍊突然碎裂。
碎片與粉塵唰啦啦落下。
重獲自由的那隻左手，彷彿想要抓住席德那樣朝他伸了過來。

席德舉起漆黑的劍刃，而後——世界被光芒籠罩。
現在，席德站在一座清晨時分的森林裡。這裡是他剛穿越大門前所在的地方。
他環顧周遭，但沒看到那隻左手。炫目的朝陽讓他瞇起雙眼。
「即使心臟被貫穿，你也能平安生還呀。」
身後傳來一個人聲。席德轉身，看到身影變得有些朦朧的歐蘿拉站在那裡。
「我把心臟朝旁邊挪了一些。不過，實在也有點累了……」
他望向早晨的天空，吐了一口氣，倚著樹木癱坐在地上。
「真是讓人嘆為觀止的人呢。遠比我更……」
歐蘿拉在席德身旁坐下，試圖以手觸摸他胸前的傷口。
她的手沒有沾上血。歐蘿拉的手沒能觸碰到席德的身體，而是直接穿透過去。
「妳要消失了啊。」
「看來是的。」
兩人間並肩坐在樹下，眺望美麗的朝陽東升。
「是我把你召喚過來的。抱歉，我對你說謊了。」
「沒關係。」
「我還說了其他謊。」
「沒關係。」

一陣鳥囀傳來。朝露閃耀著光芒。

「我一直渴望早日消失，一直希望可以遺忘一切。」

「嗯。」

「不過，我現在多了僅止一段的、不想遺忘的記憶呢。即使消失了，我也希望能一直保有這段回憶。」

歐蘿拉露出微笑。

「謝謝你給了我這段重要的記憶。」

語畢，她開始一點一點消失。那個勉強擠出來的笑容讓人心疼。

「這段時間我也過得很開心喔。謝謝妳。」

「倘若你發現了真正的我……」

歐蘿拉將手撫上席德的臉頰這麼開口。但他已經看不見她的存在了。

眼前沒有任何人。寧靜的早晨時光持續著。

「就殺了我……是嗎……」

席德輕聲重複歐蘿拉留下的最後一句話，然後摸了摸自己的臉頰。她的掌心傳來的溫度，彷彿仍留在自己的臉上。

阿爾法和伊普西龍站在山頂俯瞰林德布爾姆。
一陣風將阿爾法的禮服裙襬揚起，讓她白晰的美腿坦露出來。
「聖域毀滅了。」
「是呢。」
阿爾法揉了揉眉心。
「聖劍的回收作業如何？」
「聖劍蒸發了。」
阿爾法嘆了一口氣。
「聖域核心的樣本呢？」
「聖域核心也蒸發了。」
阿爾法搖搖頭。
「最簡單且確實的解決方式。很像他的作風呢。」
「能做到這種事情的，也只有闇影大人了。」
伊普西龍以與有榮焉的語氣表示。
「他的前行之路，也是吾等的前行之路。」

阿爾法一頭動人的金髮，在朝陽下閃耀著光澤。她瞇起雙眼眺望遙遠下方的林德布爾姆街景。

「那麼，貝塔呢？」

「她正在誘導公主一行人。順利的話，應該能潛入。」

「是嗎？聖域的調查行動如何？」

「現階段能夠進行的調查都已經完成。」

「告訴我結果吧。」

阿爾法閉上雙眼傾聽伊普西龍的報告。

她以自身聰穎的頭腦，將聽到的情報在當下整理完畢。

「可以了。另外，那件事怎麼樣了？」

「假設似乎是正確的。」

稍稍猶豫後，伊普西龍道出最簡單明瞭的回答。

「『災厄的魔女』歐蘿拉……別名『魔人迪亞布羅斯』。」

阿爾法以一雙湛藍眸子望向遠處的朝陽。

「是嗎……所以他才……」

遺落的那塊拼圖碎片，在發出清脆聲響後嵌合。

離開聖域後，一行人來到了森林內部。
亞蕾克西雅四處張望，發現蘿絲和夏目站在一旁。
離開聖域時，這三人剛好都待在彼此附近。
「這裡是……？」
蘿絲疑惑地開口。
「應該是林德布爾姆某處的森林。可以看到城鎮就在遠處。」
夏目這麼回答。經她這麼提醒，蘿絲發現從這裡確實能看見位於遠處的街景。
從林木之間望出去的範圍很有限，真虧她能發現。
「我們回去鎮上吧。」
「說得也是。」
正當蘿絲和夏目準備邁開腳步時，亞蕾克西雅喚住了她們。
「等等。」
「亞蕾克西雅學妹？」
「怎麼了嗎？」
兩人停下腳步望向亞蕾克西雅。

「噯，妳們不會覺得不甘心嗎？」

「妳說不甘心是指……？」

「我不懂妳的意思。」

亞蕾克西雅交互望向兩人的眼睛開口。

「剛才，我們什麼都做不到。我知道自己的力量不足。可是，不只是這樣而已。誰是正確的、誰是錯誤的，我甚至連這樣的是非判斷都做不出來，只能默默當一個旁觀者……」

「亞蕾克西雅學妹……」

「如果繼續過著這種一無所知的日子，總有一天，我們會被人奪走自己最珍惜的東西。這麼想的人，難道只有我嗎……？」

「亞蕾克西雅學妹，其實……我也一直在思考某件事。自從前陣子發生學園恐攻事件以來，我們所不知道的某個大型組織，便一直在暗中活躍。無論是『闇影庭園』，或是與其對立的組織，我們都完全不了解……」

「我能明白妳的心情。那麼，妳打算怎麼做呢，亞蕾克西雅大人？」

亞蕾克西雅雙手抱胸點點頭。

「我們很弱小，而且一無所知。不過，所謂三個臭皮匠，勝過一個諸葛亮。我是米德加王國的公主，蘿絲學姊是奧里亞納王國的公主，身為作家的妳，則擁有豐富的人脈。首先，我們三人各自去收集情報，然後再一起分享如何？」

「──妳說『首先』，意思是之後還有更進一步的做法嗎？」

「雖然也要看收集到的情報內容如何，但我在想，我們三人或許可以攜手一起戰鬥，也可以多召集一些同伴……」

「這番發言沒有半點具體性呢。」

亞蕾克西雅怒瞪這麼指摘自己的夏目。

「所……所以我才說首先要去收集情報啊。過濾收集到的情報後，才能決定下一步該怎麼走！」

「那也要妳擁有足以過濾情報的智商才行呀……」

夏目輕聲這麼說。

「妳說了什麼嗎？」

「不，沒有。」

亞蕾克西雅瞪著夏目，後者則是以微笑回應這樣的她。兩人就這樣直視著彼此片刻。

「所以，妳們怎麼說？要聯手？還是不要？」

「我們一起合作吧。我會試著去收集奧里亞納王國那邊的情報。」

蘿絲率先伸出了友誼之手。

「我也會利用作家的人脈來進行調查。」

接著，夏目將手疊在蘿絲的手上。

「就這麼決定。那麼，我們就是伙伴了。雖然國家和立場都不同，還有個葫蘆裡不知道賣什麼藥的，但我相信我們就是伙伴。」

最後，亞蕾克西雅將自己的手疊在兩人的手上。

「這樣很不錯呢。一起揭露世界真相的伙伴……好像什麼傳說故事的開頭。」

蘿絲微笑著說道。

「勇者、賢者和負責拖累大家的角色都確定了呢。」

夏目看著亞蕾克西雅這麼說，然後微笑。

「負責拖累大家的角色由妳擔任對吧？」

亞蕾克西雅回望著夏目這麼說，同樣露出微笑。

隨後，三人肩並肩踏出腳步。

朝陽照亮了位於遠處的林德布爾姆街景。

伽瑪所負責的工作，基本上都是四越商會相關的「表面上」的工作。

無論本人接不接受這樣的安排，但基於伽瑪的戰鬥能力不高，所以也是無可奈何的事情。

其實，她也很渴望以俐落的身手和主君一同奮戰，但伽瑪把這樣的願望當成只有自己才知道的祕密。

於是，今天的她也為了處理四越商會的相關業務而努力不懈。

她目前人在貝卡達帝國邊境的馬多里。

為了在此地開設新的四越商會分店，伽瑪正在跟領主交涉。

「露娜小姐，我很推薦這棟大樓喔。」

以燦爛笑容為伽瑪進行說明的，是領主的長男路德。

露娜是伽瑪對外的假名，同時也是四越商會會長的名字。

「從地理位置來看，這棟大樓面對主要通路，採光良好，正門也很寬廣。包含土地費用在內，原本的定價是一億四千萬戒尼，我就破例以一億兩千萬戒尼的價格讓給妳吧。請妳務必在這裡成立四越商會的分店。」

「這個嘛～」

這樣的地理位置確實非常理想。此外，建築物本身的條件也不錯，雖然略微老舊，但有三層樓，內部十分寬敞，構造也很堅固耐用。

只要重新裝潢過，當成商會的建築物使用應該綽綽有餘，再不然整棟拆除重蓋新大樓也可以。建築物的價值，基本上幾乎完全取決於地理位置。

然而，地理位置如此優越的建築物，要價卻只有一億兩千萬戒尼，才是最大的問題點所在。

若是在米德加王國的王都，同樣條件的建築物，隨隨便便都會值這個價位十倍以上的數字。就算是跟這裡規模相等的地方都市，至少也會從五倍的價錢起跳。

因為賣不出去，只好以破盤價促銷的建築物，自然有其理由。

與其說是建築物的問題，應該說是這個都市本身的問題才對。

其實，這個貝卡達帝國的邊境都市馬多里，正在面臨人口不斷外移的問題。造成這種現象的理由很多，但最關鍵的要素有兩個。

首先，這個都市的地理位置很糟糕。

就算是距離馬多里最近的都市，透過馬車來運送貨物，仍需要一個月以上的時間才能抵達。考量到時間和成本，可以判斷出這裡不是適合經商的地方。

其次，貝卡達帝國的帝都是個景氣蓬勃發展的大都市，因此年輕人和商人全都跑到帝都去了。

帝都的景氣高漲，其實跟四越商會開設了貝卡達帝都分店，以及與此相關的都市更新計畫有關，但路德和露娜沒有刻意提及這一點。

基於上述的兩大因素，馬多里其實是個缺乏魅力的都市。

這種蓋在主要通道旁，巨大到不行的建築物，大概也只有商會願意買單了。條件類似的建築物還有不少。

說得簡單點，如果沒有解決最根本的問題，在這個都市開張新的分店，就和自殺行為沒有兩樣。

「請妳務必、務必在這裡開設四越商會的新分店！」

領主的兒子路德也十分拚命在推銷。不用說，在帝都開設分店的四越商會的威名，他也早有耳聞。

只要這樣的四越商會願意在馬多里開設新的分店，想必就能抑止人口外移的問題，持續下滑的財政數字或許也能夠從谷底翻身——他抱持著這種充滿希望的預測。

想當然耳，這種事情不可能發生。

倘若最根本的問題沒有解決，就算四越商會在這裡開設分店，也只是杯水車薪罷了。

「該怎麼辦呢……」

「我……我明白了，就破例把價格再下壓到一億戒尼吧！」

看到伽瑪猶豫不決的態度，路德再次降低售價。

不過，伽瑪完全不打算為了區區兩千萬戒尼的降價，就給出自己的答案。她已經耗費一個星期以上的時間，細細打量了這一帶的建築物，然後一直維持著保留的態度。

能參觀的建築物都已經參觀過了。

她只是在等待某個結果。

「——露娜大人。」

這時，一名身穿四越商會制服的美女從後方現身，貼上伽瑪的耳畔低語。

「調查完成了。」

「結果是？」

「判斷可行。」

「那個東西呢？」

「錯不了的——是石油。」

「——這樣呀。」

接著，伽瑪對路德展露了她今天初次的笑容。

「我就買下吧。」
「喔喔，您願意購買嗎！那麼——」
「我會買下這條通道旁所有的建築物。」
「——啊？」
「我的意思是，倘若你們願意接受我開出來的條件，我們會在馬多里推行都市更新計畫，讓這裡成為貝卡達帝國最繁榮的都市。」
「——咦？」
「你們有沒有打算擴張納爾河的支流，將其改建成運河？」
「啊……有的。」
「很好，那就照計畫進行吧。」
接著，伽瑪開始指示部下。
「把納爾河下游比較有價值的建築物統統買下來。不動產泡沫經濟就要開始嘍……」
這麼決定後，伽瑪及其部下隨即付諸行動，只剩仍有些茫然的路德被留在原地。
他朝四周張望了一下。
「啊，對了……得跟老爸報告才行……」
然後這麼輕聲自言自語。

——弱者沒有價值可言。

生為獸人的她，在部落裡被這樣教養長大。

她出生的部落，是犬系部落中較大的一個群體，擔任部落長老的父親，膝下有超過一百名的孩子。在這個部落裡，她是地位很低的情婦生下來的孩子，並不是什麼受到期待的新生命。

她能分配到的食物總是很少，因此時常處於餓肚子的狀態，體型也很瘦弱。

在她三歲的時候，部落終究還是中斷了她的糧食配給。

瘦到只剩下皮包骨的她，搖搖晃晃地踏進森林，然後初次以自己的力量抓到獵物。她擊碎體型比自己大上兩倍的野豬的頭殼，啜飲牠的鮮血，挖出內臟大快朵頤。

這時，成功以自己的雙手獲得食物的她，發現方法原來出乎意料簡單。

同時，她也明白這就是「活著」的意義。

由他人給予的糧食沒有任何價值。

自己狩獵得來的才有。

在身上沾滿野豬鮮血的她返回村落後，這件事隨即傳開了。

就算是獸人，年僅三歲的小女孩撂倒一頭野豬，仍是相當不尋常的事。

然而，她卻做到了。

她擁有頂尖的體能和感官能力，此外，明明沒有任何人指導，她卻懂得如何操作魔力。

被同年齡的其他孩子找碴時，她會一拳將對方打飛，餓了就去狩獵，以自己抓來的獵物填飽肚子。

她原本弱不禁風的體型，慢慢長出了柔軟且富有彈性的肌肉，讓她蛻變成一個美麗的女孩子。

在她十二歲的時候，除了長老以外，部落裡已經沒人打得過她。

再過幾年……不對，或許再過一年，她就能超越長老吧。

然而，事情並沒有發展至此。

黑色的斑塊開始在她的全身上下蔓延。

她──成了〈惡魔附體者〉。

將〈惡魔附體者〉趕出族群，是部落不容質疑的規定。

被這樣的症狀侵蝕的她逃離部落，在森林裡狩獵，同時也迷失了人生方向。

她喜歡狩獵。

因為狩獵讓她活了下來。她發自本能地領悟到自己是為了狩獵，才會誕生到這個世上。

所以，她絲毫不在意自己被趕出部落。

她認為只要能繼續狩獵度日，這樣的生活也很好。

然而，疾病不斷侵蝕著她。她的身體日漸腐爛，衰弱到再也無力狩獵的程度。

在森林的池畔倒下後，她仰望著天空。

「我還……可以……狩獵的說……」
野獸的氣味、腳步聲和低吼聲傳來。
在這片寬廣的森林裡，即使是遺留在遠處的獵物痕跡，她也瞭若指掌。倘若身體能順利活動，她想必可以馬上跳起來去獵殺對方。
「獵物……在……呼喚我……的說……」
她伸長發黑腐爛的手，能夠抓到的卻只有虛無。
「我明明……還可以……狩獵啊……」
她的視野開始變得朦朧。
明白自己的性命即將走到盡頭，聽到近處傳來狼嚎聲，她笑了出來。
野狼主動過來狩獵她了。
這是個絕佳的機會。
她現在已經無力動彈。既然這樣，讓獵物自己送上門即可。
在野狼準備張口咬下自己的瞬間，早一步咬斷牠的脖子就行了。
她屏息靜待那頭狼靠近。
然而，野狼並沒有出現。
「為什……麼……」
野狼的氣息逐漸遠離，取而代之現身的，是一名金髮的美麗精靈。
「症狀看來惡化得很嚴重……在這種狀態下，還能保有自我意識，妳的精神很強韌呢。」

說著，精靈少女伸出手，但隨即又連忙將手縮回。
喀！
獸人少女的利齒劃過半空。
她以發黑腐爛的那張臉死盯著精靈少女，然後露出笑容。
「上等的獵物……來了……的說……！」
說著，她竭盡最後的力氣爬起來。
對她來說，獵物並不只有鳥獸而已。獸人的各部落之間也時常發生紛爭，因此，狩獵其他部落的獸人，亦是她的生存意義。
只看了一眼，她就明白了。眼前這名精靈少女，是能夠讓她血液沸騰的上等獵物。
「怎麼會……竟然還站得起來……？」
精靈少女不禁往後退。
「嘎啊！」
下個瞬間，獸人少女以極為驚人的速度撲了上來。那看起來完全不像是重病之人能夠做出的動作。
「——！」
精靈少女為了閃躲她的利齒而大幅後退。即使腳步有些踉蹌，獸人少女仍隨即調整姿勢追了上來。
「住手，我是來幫助妳——！看來說再多也沒用呢。憑我一個人的話，恐怕會受傷，大概只能讓他親自走一趟了……」
這麼輕喃後，精靈少女轉身，然後奔跑著離開。
「等……等等的……說……嗚嗚……」
追著她的背影前進了幾步後，獸人少女搖搖晃晃地倒地。
她已經沒有足以追趕獵物的體力了。
剛才的戰鬥，便耗盡了她一切的力氣。
原本以為自己能在死前抓到一頭上等的獵物呢……
她沮喪地閉上雙眼。
聆聽著靜謐森林裡的聲響片刻，她突然聽到身旁傳來腳步聲，於是吃驚地睜開雙眼。
一名身穿黑色裝束的黑髮少年出現在她的眼前。她完全沒感受到這名少年的氣息。
「吾名闇影……」
俯瞰著她的少年這麼開口。獸人少女望向他的雙眼，然後渾身一顫。
——她贏不了。
無論自己再怎麼垂死掙扎，都絕對打不贏這名少年。
這不是出自於理性的判斷，而是少女的本能，讓她瞬間理解了這樣的事實。
對她來說，這個世上比自己更強大的存在，就只有身為部落長老的父親。但就連這樣的父親，都不曾讓她湧現畏懼之情。
然而——這名少年不同。

他最根本的、生物本身所具備的力量，強大到彷彿來自不同次元。
看到他百般鍛鍊的體魄，就能明白這副軀體只為戰鬥而生。
看到他淬煉後的魔力，就能明白他凝聚起來的魔力密度，濃密到足以將這一帶夷為平地。
看到他犀利的雙眼，就能明白他早已掌握到她的實力程度。
甚至令人無法湧現戰鬥慾望的層級差異。
畏懼這名少年的力量，她選擇以本能對應這個地位比自己更高的生物。
也就是——服從。
「嗚嗚～～」
她仰躺著露出肚子，還不停甩動尾巴。
「我看她挺溫順的啊……？」
「她剛才對我的態度很凶暴呢。」
少年疑惑地和一旁的精靈少女交談。
「無妨，我要開始治療了。」
「我來幫忙。」
說著，少年以藍紫色的魔力包覆住獸人少女。雖然動作不太熟練，但精靈少女也從旁協助。
「嗚嗚～～」
在這段期間，獸人少女依舊維持著坦露肚子、猛搖尾巴的狀態。

在基本的治療結束後，獸人少女的身邊又多了銀髮精靈和藍髮精靈。
雖然身體尚未完全恢復健康，但她已經可以像個普通人那樣活動了。
「我叫做阿爾法。雖然妳才剛恢復，但我現在要向妳說明關於我們組織，及妳的身體——」
在名為阿爾法的精靈說一些讓人摸不著頭緒的話的時候，獸人少女忙著確認自己的身體。
託那個叫做闇影的少年的福，她才能恢復到這種狀態。
那強大而溫暖的魔力，她這輩子想必都不會忘記吧。
這樣一來，她又能狩獵了。
「——所以，我們正在和教團戰鬥。」
雖然搞不太清楚，但獸人少女明白這裡應該會成為她所屬的新族群。
她對這點沒有異議。
在她眼中，這個族群的領導者闇影是最強大的存在。追隨最強大的存在，是讓獸人族引以為傲的一件事。
只要有闇影在，這個族群便能成為全世界第一的部落。
稱霸世界！
閃閃發光的這四個字浮現在她的腦中。
「戴爾塔——妳從今天開始，就叫這個名字。」
「戴爾塔……老大給我取的名字……」

比起過去的名字，她更喜歡這個名字。因為這是老大為她取的名字。

老大很厲害，而且超強。對她來說，老大就是世界第一的存在。

正因如此，她有一件必須做的事情。

她環顧站在自己周遭的三名精靈。藍色頭髮的完全不用考慮。銀色頭髮的還算強。金色頭髮的很強。

在這個族群中，闇影無庸置疑是首席，其次則是阿爾法。

也就是說，戴爾塔必須做的是——

「喂，金色頭髮的！」

戴爾塔伸手指向阿爾法，然後瞪著她開口。

「從今天開始，戴爾塔就是這個族群裡第二強的說！」

爭奪族群中的席次，對獸人來說相當重要。

「快點讓戴爾塔看妳的肚子，以示服從的說！」

「——啊啊？」

隨後，阿爾法的魔力爆發了。

伊普西龍的一天總是開始得很早。

她會在旭日東升前就起床，穿著連身裙睡衣走到巨大的全身鏡前。

她的睡眠時間是三小時。因為主君曾傳授她以魔力在熟睡的同時恢復疲勞的術法，就算只睡三小時，也相當充足。

當然，這對美容也不會造成負面影響。

把睡眠時間縮減成三小時的話，就能有效率地活用剩下的二十一小時了。

修行或任務當然不用說。不過，對伊普西龍而言，最重要的是妝點自己的時間。

所以，她一大清早就站在巨大的全身鏡前方。

她最先確認的，是以史萊姆墊了再墊而打造出來的雙峰。

站在鏡子前方的她，用雙手將兩大團史萊姆又捏又揉。

分量是否夠大，形狀是否夠美？

觸感是否柔軟又富彈性？

最重要的是，感覺是否自然？

她絕對不能讓任何人發現這墊了又墊的祕密。

比自然更自然、比渾然天成更渾然天成。秉持著這種原則的她，總會一絲不苟地確認史萊姆襯墊的狀況。

站在鏡前以手推擠、畫圓搓揉，耗費將近一小時後，她才終於完成雙峰的確認和細微調整作業。

接著，她開始確認全身的線條是否均衡。

以史萊姆勒出來的水蛇腰曲線自然嗎？
以史萊姆墊出來的豐臀夠美嗎？
大腿的粗細和肉感？小腿的形狀……雙腿的長度……
當所有的確認作業都完成後，太陽已從東方升起。
伊普西龍褪下睡衣，在史萊姆外頭套上一襲走休閒風格的小禮服，開始化妝和整理髮型。
就這樣，她終於打扮成能在人前現身的模樣了。
最後，她再次站在巨大的全身鏡前，輕巧地轉了一圈之後，俐落地擺出伊普西龍流奧義「迷倒闇影大人的性感姿勢」。
「──今天的我也很美麗。」
她以充滿自信的笑容輕喃。
──一切都是為了主君。至此為止的作業，是伊普西龍每天的例行公事。
不過，今天擺出「迷倒闇影大人的性感姿勢」的時間格外長。維持著強調胸前史萊姆分量的姿勢，她臉上掛著讓人不適的詭異笑容。
「呵呵……唔呵呵呵……唔呵呵呵呵呵呵呵呵呵……」
這是──處於回想模式的笑容。
伊普西龍回想起來的，是前幾天在聖地林德布爾姆和主君久違重逢的光景。
以優美的動作解決教團刺客，在主君闇影的面前翩然降臨的美女伊普西龍。
跟久違的主君重逢，讓她心頭小鹿亂撞的程度比過去更加激烈。但同時，伊普西龍的主君也凝視著她。
他以熱切的眼神直直盯著伊普西龍的胸部！
伊普西龍的美麗、魅力和努力，讓主君無法將視線從她身上移開。
儘管因此羞紅了雙頰，伊普西龍仍裝作沒有察覺到主君的視線。在主君離去的瞬間，她內心的激動情緒也跟著爆發出來，高聲宣布自己的勝利。
「贏了！我贏過自然的肉體了！」
這麼吶喊的瞬間，她回過神來。
這裡不是聖地林德布爾姆，而是自己的臥室。
然而，那天的記憶仍鮮明地烙印在伊普西龍的腦海裡。
主君直直望向她的胸部的那道熾熱視線——
「呵呵……呵呵呵呵呵……」
至此，原本一直維持著「迷倒闇影大人的性感姿勢」的她，終於恢復成普通的站姿。但臉上卻還是帶著那令人不適的笑容。
在那天、那個瞬間，伊普西龍無庸置疑地站上了人生的頂點。
只要回想起那天的光景，就能讓她一瞬間重返人生的頂點。
宛如浴火鳳凰那樣——不斷地、無數次地重生……
就這樣，伊普西龍的這一天，也是從人生的頂點開始。

離開臥室後，她在走廊上久違地和貝塔擦身而過。

表面上，這兩人親切地和彼此打了聲招呼。

「早安，貝塔。」

「早安，伊普西龍。」

感覺上是很普通的晨間問候。不過，她們的視線卻完全沒有落在彼此的臉上。

兩人的視線所及之處——是胸部。

她們以像是看到殺父仇人的眼神，凝視著彼此宛如火箭般突出的雙峰。

然後挺起自己的胸部。

竭盡所能深吸一口氣，將鼓漲的胸部往前挺到極限。

身為女性，這是一場不能輸的戰役。

高挺的乳房和史萊姆撞在一起，兩者都彈力十足地晃了晃。

「呵呵呵……」

「咕……」

今天也是伊普西龍取得優勢。因為，她一直都把胸前的史萊姆塑造成足以勝過貝塔的程度。

這場戰鬥，始於伊普西龍過去單方面將貝塔視為勁敵的那個瞬間。

但在她不斷以史萊姆將胸部墊大後，貝塔自然而然也對這樣的伊普西龍湧現了競爭意識。現在，兩人的心中都有漆黑不已的思緒在打轉。

不過，她們是伙伴。

一起克服嚴苛的修行，又在眾多任務中並肩奮戰，讓伙伴意識確實深植在兩人內心。
她們很信任，也很重視彼此。
因此，她們基本上不會互相比劃較勁。
沒錯——基本上不會。
換做是平常，她們應該只會在打聲招呼後各自離去。自幼便一起度過漫長時光的貝塔和伊普西龍，事到如今，也沒有什麼必須促膝長談的事情。
不過，今天不一樣。
伊普西龍宛如一道高牆的自尊心，不允許她就這樣跟貝塔擦肩而過。
「對了，最近有件讓我很吃驚的事……」
「讓妳吃驚的事？」
伊普西龍喚住貝塔，兩人碰撞著波濤洶湧的史萊姆和乳房開始對話。
「前幾天，我前往聖地執行任務，而和主君碰面的時候呀……主君以熾熱不已的視線看著我喲……」
「啥！」
「主君熾熱的視線，落在我的『這個地方』呢……」
雙頰泛紅的伊普西龍羞澀地這麼說。
「什……什什……什什什什什……！不……不可能發生這種事！是……是妳誤會了吧！」
「不，我沒有誤會喲。畢竟，跟一般人比起來，我們對這種視線更為敏感呀。貝塔，妳應該也明白吧？」

「嗚嗚……的……的確是這樣……」

有著前凸後翹的好身材的兩人，理所當然總是受到男性注目。也因此變得對這類視線格外敏感。

「所以，我很吃驚呢。沒想到主君會對我這種人投以那麼熾熱的視線……」

「咕……主君他……這……怎麼會……」

貝塔心有不甘地瞪著伊普西龍。

「可是～像我這種存在，真的可以被主君寵幸嗎……」

伊普西龍呵呵呵地笑了幾聲，還特別強調這句話裡的「像我這種存在」幾個字。

「因為，比起我這樣的存在，貝塔的身材更好，也更可愛呀！」

「——啥？」

此刻，伊普西龍正從遙遠的高處睥睨著貝塔。

從她得意洋洋的臉上，可以輕易看出伊普西龍根本沒有懷抱「我這種存在」的自卑想法。

獲勝者的游刃有餘——

這是在身材方面勝利、在美貌方面勝利，又集主君的注目於一身之人的勝利宣言——亦即展示自身優越性的行為。

伊普西龍的態度高高在上。基於她的自尊心很高，所以一直都是這樣高高在上。

「明明是貝塔的胸部比較大～……」

「咕！」

「腰比較細～……」

「咕嗚！」

「腿比較修長～……」

「咕嗚嗚！」

「而且又長得這麼可愛嘛！」

「咕嗚嗚嗚嗚嗚嗚嗚嗚嗚嗚！」

像是乘勝追擊似的，伊普西龍甚至擺出她的終極奧義「迷倒闇影大人的性感姿勢」，在貝塔面前展現出她壓倒性的實力。

貝塔的眼眶開始緩緩泛淚。

「所以，妳應該也有感受過主君熾熱的視線對吧，貝塔？」

「我……我我我我……我……」

「哎呀呀，難道沒有嗎？」

「我……我我我我我……」

「應該不可能呀……」

「我我我我我……我……我……嗚……嗚啊啊啊啊啊啊！」

貝塔哭著跑走了。

「唔呵呵……渾然天成的東西，就等著被這個世界淘汰吧……能夠受到主君恩寵的，永遠只有我一個人……」

望著手下敗將貝塔離去的身影，伊普西龍露出微笑。

據說，她無比敬愛的主君，曾在空無一人的地方這麼自言自語過。

「看伊普西龍墊在衣服底下的史萊姆的分量，就能明白她的自尊心有多高。」

如他所言，她的自尊心比天還要高。如果自尊心沒有高到這麼誇張的話，她就是個很會照顧人，又很坦率的好女孩了。

沒錯，如果自尊心沒有高到這麼誇張的話——

Not a hero, not an arch enemy,
but the existence intervenes in a story and shows off his power.
I had admired the one like that, what is more,
and hoped to be.
Like a hero everyone wished to be in childhood,
"The Eminence in Shadow" was the one for me.
That's all about it.

The Eminence in Shadow

I can't remember the moment anymore.
Yet, I had desired to become "The Eminence in Shadow"
ever since I could remember.
An anime, manga, or movie? No, whatever's fine.
If I could become a man behind the scene,
I didn't care what type I would be.

四章

想做一場會讓人好奇「那傢伙究竟是何方神聖？」的事！

The Eminence in Shadow
Volume Two
Chapter Four

雨聲傳入耳中。

來自外頭的點點水聲，分散了蘿絲的注意力。

她一邊調整呼吸，一邊放下練習用的細劍。

接著以單手拭去臉頰上的汗珠，將弄亂的頭髮整理好。

此刻，這個昏暗的道場裡只聽得到雨聲。

蘿絲閉上眼聆聽這樣的雨聲片刻。她大口吸氣，讓濕潤的空氣充滿肺部。

無論何時，水聲聽來都是如此美麗。

蘿絲是藝術之國奧里亞納的公主。自幼便接觸到形形色色藝術的她，相當講究美感。奧里亞納的王族成員，都會選擇投入某種藝術創作，再以畢生的時間將這方面的技巧磨練到出類拔萃。這樣的藝術有時是繪畫、有時是音樂、有時是戲劇表演，每個人都會選擇自己喜歡的藝術琢磨。

從小時候開始，蘿絲便對藝術表現出高度的興趣，卻無法從中擇一。對她來說，無論是哪一種藝術創作，都是美麗而吸引人的。

諸如繪畫、音樂、戲劇表演、服裝設計、雕刻，全都是美麗不已的學問，蘿絲無法從中只挑選出一者。所以，她選擇全數鑽研，在每一項藝術上的表現，也都獲得了相當高的評價。

她將來會選擇走上哪一條道路，受到奧里亞納王國的藝術家們高度關注。
但蘿絲卻選擇了握劍這條路。
而且，她還是在某天突然放棄自己至今學成的所有藝術，轉而一心專注在劍術上。
每個人都忍不住問她為何會選擇握劍。
關於這個問題，蘿絲並沒有解釋太多。
她只是表示自己感受到了劍術之美。
然而，在奧里亞納王國，揮劍是受到人們鄙視的野蠻行為。無人願意認同劍術也是一門藝術。
蘿絲不顧家人的勸阻，逕自前往米德加魔劍士學園留學。
某個美麗的劍法，深深烙印在她的心底。
那是蘿絲不曾對任何人提起的、只屬於她的珍貴回憶。她會決定踏上握劍的道路，全都是出自於對某個劍士淡淡的憧憬。
她不會忘記那天見識到的劍法有多麼美麗。
讓自己的劍技呈現出那樣的美，便是蘿絲決定以畢生時間琢磨的藝術。
她嚮往的這門藝術，在祖國得不到任何人認可。但她並不在意。因為蘿絲並不是為了獲得他人的認可，才會持續追求極致的美。
就算得不到任何人的認可，也要堅持走自己的路——這是她做出的決定。
蘿絲認為這樣就好了。

不過，前幾天，她收到了一封信。

「父親大人要來觀賞今年的『武心祭』嗎……」

蘿絲粉櫻色的唇瓣這麼輕喃。對刀劍不屑一顧的國王，竟然會想來觀看「武心祭」的賽事，這可算是前所未聞。錯不了的，他想必是專程來把蘿絲帶回祖國的吧。

各式各樣的臆測在社會上傳開，其中，有個令蘿絲格外在意的傳聞。

據說，她的未婚夫人選已經決定了。

聽到這個傳聞的當天，蘿絲隨即寫信回家質問，但至今仍未收到回信。

她已經有了心儀之人。不顧自身死活，有著一顆熱情又美麗的心的他，才是今後和蘿絲共度此生的伴侶人選。

正因如此，她必須在這次的「武心祭」讓父親承認這件事才行。

首先要用她的劍。

然後，可以的話，但願他也……

蘿絲「啪！」地拍了拍自己的臉頰。

「集中精神吧。」

這麼輕喃後，她褪下因為吸收汗水而變重的上衣。

帶著晶瑩汗珠的肌膚坦露出來，只剩一件將豐滿上圍藏在底下的四越商會製運動內衣。

這副模樣雖然有些不檢點，但因為這裡不會有蘿絲以外的人踏進來，所以也沒有必要在意。

她握住練習用的細劍，然後回想。

首先，是自己施展過的最棒的劍技。在學園恐攻事件中揮下的劍，是她至今的習劍人生中最高峰的表現。

「武心祭」舉行的日子不遠了。在這之前，她必須找回當時的手感。

蘿絲的細劍劃過半空，她的汗珠跟著飛舞，一頭蜂蜜金色的秀髮也跟著散開。

她撥開黏在臉上的髮絲，繼續揮舞手中的細劍。

雨聲不斷從窗外傳來。

直到最後，她都沒能找回那時的手感。

「武心祭」的季節到來了。

走在熱鬧不已的王都街道上，我發現多了很多陌生的面孔。

在路上穿梭來往的行人，無論人種、國籍或職業都五花八門，只有「享受『武心祭』」這個目的是一樣的。我走在這群不曾交談過、以後也不會有機會交談的人群之中，湧現了一種奇妙的一心同體感。

所謂的祭典，就是這樣的東西吧。

我也不討厭這樣的氛圍。因為可以讓我做「那件事」。

在眾人目光所及之處，有著一個最棒的舞台。

「武心祭」。

「我也只能跟上這波熱潮了。」

這次，我要來執行自己的「想做的事情清單」裡頭排行前幾名的「那件事」。

就是神祕強者在大會中現身後，讓戰況從「喂喂喂，那傢伙會沒命吧」變成「不，那傢伙其實很強耶！」再變成「那傢伙究竟是何方神聖？」的計畫！

為此，我需要大家的協助。

我撥開人潮，來到了四越商會的王都分店。

我抱持著「這是朋友開的店所以沒關係吧」的態度，無視長長的排隊人龍，直接步入店內。

踏進裡頭後，原本充斥著旺季特有的手忙腳亂氣氛的店內，隨即冒出漂亮的店員大姊姊將我帶走。

「妳可能會覺得我在說謊，但我跟這裡的老闆是朋友喔。」

「這點敝人明白。」

我原本有點擔心對方是不是真的明白，但看起來是真的。

我被帶到之前來過的那個設置著豪華座椅的房間，直接在椅子上坐下。

嗯，這張椅子果然能讓人體會到王者的感覺呢。

加了冰塊的百分之百蘋果原汁接著被端上來。

這些人很懂呢。比起柳橙汁，我更喜歡蘋果汁。在炎熱夏天來杯冰涼的果汁，讓人感覺相當沁涼舒適。

叮鈴……叮鈴……夏風的聲響傳來。

「風鈴嗎……」

我望向窗戶，發現上頭掛著風鈴，窗外則是一片藍天和巨大的積雨雲。

「請您稍候片刻。」

我點點頭。這個大姊姊去找伽瑪之後，又來了一個新的大姊姊，以巨大的圓扇替我搧風。她穿著設計上很有季節感的清涼連身裙。

「我想吃點什麼呢。」

「我馬上叫人準備。」

我眺望著積雨雲，然後做出「以後沒錢吃飯就寄生在這裡吧」的決定。

聽聞敬愛的主君來訪後，伽瑪連忙把工作轉交給部下負責，匆匆趕往「闇影廳堂」。

換上布料單薄的及膝黑色小禮服，搭配一雙帶有夏日風情的白色跟鞋，再噴點清爽系的香水後，伽瑪踏入「闇影廳堂」。

「打擾了。」

主君坐在闇影王座上，蹺著腳眺望天空。他的犀利視線所及之處，是大片的積雨雲，抑或其他不同的「存在」呢？

伽瑪仍無法看穿這一點。

「我有一件事要拜託妳。」

將視線移往伽瑪身上後，主君這麼開口。

看著他一如往常的銳利眼神，伽瑪不禁怦然心動。主君是否有察覺到她換了個髮型呢——她不禁開始思考這種跟當下情況格格不入的問題。

「請您儘管開口。」

「我想隱瞞自己的真正身分，然後去參加『武心祭』。」

主君如是說。

這個瞬間，伽瑪聰穎的腦袋開始以驚人的速度運轉。

明白主君的意圖後，為了更進一步理解他背後的用意，伽瑪拚命思考。

然而……她得不出答案。

他為什麼需要這麼做？

伽瑪無論如何都解不開這道謎題。因此，她決定不恥下問。

「請問……這是為什麼呢？」

主君將視線從伽瑪身上移開，轉而仰望天空。

在他抽離視線後，總覺得主君彷彿也對自己失去了興趣，伽瑪雙眼透露出動搖之情。

「可以……不要問我理由嗎？」
主君望向遠方這麼說。
伽瑪垂下眼簾，緊咬自己的下唇。
聽聞主君之前曾和「災厄魔女」歐蘿拉交手時，伽瑪這麼想——倘若自己當下也在場，是否有能力看穿主君的意圖？
伽瑪沒有這樣的自信。
當時在場的「闇影庭園」成員，沒有一個人能夠看穿主君參賽的意圖。然而，就結果而言，主君所做的選擇的確是最恰當的，他所到達的境界無人能及。不過，要是伽瑪那時也在場，她就必須正確判讀主君的意圖。
伽瑪是「闇影庭園」的軍師。她是為此而存在。
如果做不到這一點，她留在「闇影庭園」就沒有意義了。
然而——這樣的她，卻又犯錯了。
「抱歉……這是沒辦法告訴任何人的事。」
無論是主君的意圖，或是主君的心情，伽瑪都無力看穿。
這是何等失態。
還不如一句話都不說地照著主君的要求行動。
「屬下不會再問了。一切就照吾主的期望進行。」
伽瑪單膝跪地垂下頭，試圖掩飾因不甘而從眼角溢出的淚水。

拭去眼淚後，她隨即指示部下拿了一個東西過來。

「這是？」

看到伽瑪手中的物體，主君這麼問道。

「這是我參考『闇影睿智』後改良的史萊姆。注入魔力的話，就能呈現出和人體肌膚沒兩樣的真實質感。」

「哦……」

伽瑪將膚色的史萊姆遞給主君。

「把它黏在臉上就好了嗎？」

「是的。」

主君將史萊姆貼在臉上並平均地延展推開。

「看起來好像只是把黏土黏在臉上而已呢。」

主君看著鏡子表示。

「接下來就是紐的工作了。」

「失禮了。」

紐來到主君面前，掏出一把看似雕刻刀的尖細小刀。

「我來替您修整臉上的史萊姆。」

「原來如此。」

「您想弄成什麼樣的長相呢？」

「這個嘛……看起來很弱的感覺。」

「很弱……是嗎……」

紐思考了半晌。

「這個男人怎麼樣？」

伽瑪翻開資料，將某名男性的戶籍情報攤開給紐看。

「吉米那．賽涅，二十二歲，身分是阿爾提納帝國的貴族。生性好吃懶做，身為魔劍士的實力也很差，父母在五年前跟他斷絕關係。之後，他在各地輾轉流浪，以傭兵或護衛的工作維生。死前最後一份工作，是負責護衛載運〈惡魔附體者〉的馬車。」

他只是個性比較懶惰，並沒有犯下罪行。對於自己護衛的是載運〈惡魔附體者〉的馬車一事也完全不知情。就只是個運氣不好的傢伙罷了。

「主君的骨架跟他很相似，應該可行。再加上我們還有他的身分證。」

「是的。比起偽造身分，喬裝成這個人會更安全。吾主，您可以接受嗎？」

「嗯，就用這個吉米那吧。」

「那屬下要開始了。」

紐握著手上的小刀，開始把史萊姆多餘的部分削去。

擅長化妝的她，是「闇影庭園」裡頭的特殊化妝師。

紐在轉眼間將史萊姆削出五官和臉部的輪廓，一張平凡無奇的青年臉孔跟著浮現。

「喔喔，這是……」

望向鏡子的主君發出讚嘆聲。

「您覺得如何？」

「嗯，不錯，看起來很弱。」

這張臉沒有什麼明顯的特徵，十分不起眼。感覺相當不健康的黑眼圈和鬍渣，讓他看起來著實不可靠。兩邊的嘴角下垂，肌膚也很黯沉。

看到主君心滿意足的表情，伽瑪的心也跟著溫熱起來。

「注入魔力，就能讓這個史萊姆面具的形狀固定住。之後您即可自由戴上或卸下。」

「嗅嗅。」

「缺點是，它比一般的史萊姆戰鬥裝束更缺乏彈性，也幾乎沒有防禦作用。」

「原來如此，是臉部專用的嗎？不適合用於戰鬥裝束啊。」

「是的，另外……」

聽完紐大致的說明後，主君從座椅上起身。

「裝出有點駝背的樣子，應該會更像那個人？」

說著，他微微拱起背走路。

「您模仿得真像呢。」

伽瑪微笑著在一旁鼓掌。

只要觀察一個人的站姿和走路的方式，就能看出那個人對於肉體的運用方式明白多少。所謂的力量，幾乎全都源自於人們的雙腳。擅長運用自身肉體的人，平常都會擺出能把腿部力量有效傳達至全身的姿勢。當然，端看這點，並不能確實摸清一個人的實力，但至少能作為參考。
過去曾被主君如此指導的伽瑪，已經徹底理解了他的教誨。不過，雖然徹底理解了，她卻無法徹底地實踐。伽瑪舉手投足的姿態十分美麗，但也僅止於此。她是姿態和實力恰恰相反的典型例子。
「再把雙肩下垂，裝出斜肩的樣子，應該就可以了吧。骨盆的位置我就不想變動了。要是養成奇怪的習慣，感覺會很討厭呢。」
看到主君努力練習看起來很弱的走路方式，伽瑪露出會心一笑，同時對部下下達指示。
「我替您準備了服裝和廉價的劍。」
「妳很貼心呢。」
光是這一句話，便讓伽瑪的心無比滿足。
「很好。就用這樣的外表吧。我現在就去登記參加『武心祭』。」
主君似乎還調整了自己的聲帶。他以低沉沙啞的嗓音這麼表示。
「身分證在這裡。請您路上小心。」
伽瑪低頭恭送主君的背影離去。
「謝謝。啊，對了。」
主君在大門前停下腳步。
「新的髮型很適合妳喔。」
伽瑪的思考在一瞬間停止。

待大門砰一聲關上後——

「呸嘎！」

伽瑪的高跟鞋鞋跟應聲折斷。

「伽瑪大人！」

臉部直擊地面的她，儘管鼻血流個不停，卻仍是一臉幸福的表情。

想參加「武心祭」，必須到競技場的櫃檯報名。

我走到眾多魔劍士形成的隊列最尾端，一邊排隊，一邊觀察周遭的情況。

我前方的戰士個子很高，身上也都是鍛鍊有成的肌肉，乍看之下似乎很強，但下盤卻不夠穩。

嗯～有點微妙呢。不過，我應該勉強看起來比較弱吧。

有其他戰士走到我的後方排隊。

他的下盤很穩，但腹部卻囤積了大量脂肪。應該說是那些脂肪穩固了他的下盤。八成是酒喝太多了吧。

不過，不要緊。他的面容很有威嚴，看起來比較弱的人一定是我。

就這樣，我環顧周遭的參賽者，擅自在腦中舉辦了「誰看起來最弱競技大賽」。

因為我希望情況能從「喂喂喂，那傢伙會沒命吧」變成「那傢伙究竟是何方神聖？」，所以得讓自己擁有在這群人之中最弱等級的外表才行。

那傢伙是三腳貓、那邊的那個傢伙也是三腳貓、對面的那傢伙也是三腳貓、另外一邊的那傢伙跟浮游生物沒兩樣……不行，出現在這裡的盡是三腳貓啊。

不過，不要緊。現在的我可是吉米那・賽涅。

經過嚴格的審查後，我判斷自己八成是這群人裡頭看起來最弱的參賽者。

正當我試著這麼說服自己的時候——

「我說你，放棄吧。」

「嗯？」

「你這樣會死喔。」

我轉頭一看，發現是一名少女魔劍士朝我搭話。

我的心臟重重跳了一下。這難道是……是「那種」事件？

「妳是？」

「我叫做安妮蘿潔。你可別以這種半吊子的心情參賽。」

少女以犀利的眼神仰望我。

這個瞬間，我在內心擺出握拳的勝利姿勢。

沒錯，這就是……看起來很弱的人企圖報名參賽時，絕對會發生的「那種」事件。

「你是外行人吧？一看就知道了。」

安妮蘿潔朝我走來，在伸手能夠觸及的距離停下腳步。

她有一雙透出強悍氣勢的淺藍色眼睛，以及相同顏色的及肩短髮。

「廉價的劍，再加上孱弱的體格。」

安妮蘿潔以食指輕敲我的劍和身體。

「雖然大會規定選手用未開鋒的刀劍比試，但要是太小看這場比賽，可是會死的。」

說著，她又狠狠地瞪著我。

我回視她的雙眼，然後沉思半晌。這種時候，我應該表現出來的反應是……

「別以外表來評斷一個人啦。」

我這麼說，然後將視線從安妮蘿潔身上移開。

沒錯，我的人設是「外表看起來很弱，但其實擁有強大力量」。所以，以懦弱的態度回應絕非上策。

讓對方覺得「這傢伙看起來很弱，態度卻挺囂張的」，最為理想。

「等等，你這是什麼態度啊？難得別人為你擔心……」

「老子不需要。」

我選擇強悍的「老子」作為自己的第一人稱。

「你差不多一點……」

「這位小哥，要坦率接受他人的忠告才行喔。」

突然有個男人亂入我們的對話。

要比喻的話，他看起來像個粗鄙的摔角選手。不過，佩帶在腰間的那把巨劍上有著經年累月的使用痕跡，他臉上的傷疤，則營造出身經百戰的猛將氣氛。

實際上，在這一帶的魔劍士之中，他或許是力量僅次於我和安妮蘿潔的強者。

「我是奎頓。我已經參加過『武心祭』好幾次了，每次都會有像你這樣的軟腳蝦把場子搞冷啊。可以拜託你回家吸媽媽的奶就好嗎？」

聽到奎頓露骨的嘲諷，周遭的其他魔劍士也紛紛出聲贊同，或是發出低俗的笑聲。

然而，我只是斜眼朝奎頓的臉瞥了一眼，然後揚起嘴角笑道：

「至少，我比你強啊。」

奎頓的臉瞬間漲紅。

「嘎哈哈！奎頓，你被人看扁了啊！」

「奎頓，被一個小角色說成這樣，你也無所謂嗎？」

聽到周圍看熱鬧群眾的揶揄，奎頓皺眉，然後一把揪住我的衣領。

「喂，說話給我當心點。你說誰比我強？」

我沒有回答他這個問題。

只是以嘴角揚起不屑的笑。

「看來，你需要好好管教一下……啊！」

這麼說的同時，奎頓一把將我整個人拋飛出去。

我撞上其他人之後重摔在地。

「好耶，快動手！」

「嘎哈哈，你可要手下留情喔！」

看熱鬧的人們在我和奎頓周遭圍成一圈。不愧是一群血氣方剛的好戰分子，對這種情況的反應很熟練呢。

「要道歉的話就趁現在喔。」

奎頓一邊將脖子扭得吱咯作響，一邊這麼對我說。

「你的水準真的很低耶。」

我以一臉無奈的表情搖搖頭。

「我宰了你！」

奎頓舉高拳頭衝了過來。

這樣的表現，證明他是個徹底的外行人。

說真的，在這個世界，赤手空拳的戰鬥方式幾乎完全沒有發展起來。畢竟手持武器的人總是比較強，倘若不是真正的游刃有餘，或是反過來被逼到走頭無路，很少有人會以拳頭應戰。

如果這個世界舉辦了「赤手空拳的人類競技大賽」，我絕對能摘下冠軍。我有這樣的自信。

我的腦中閃過幾種必須在這種情況下做出的選擇。

以右直拳或左勾拳反擊，是既簡單又強力的做法。想打安全牌的話，就以跳躍或是前踢擋下他的攻擊，然後靜觀其變。或是比這個更安全的做法——完全不出手，直接靜觀其變。此外，用膝蓋或手肘接下這一擊也很有效。撲上去把對方撞倒，騎在他身上猛揮拳頭也不錯。

倘若現在是認真跟一名強敵對戰，我應該會選擇跳起來。但我不會握緊拳頭，而是會張開手掌，試著在攻擊範圍內以五根手指狠戳對方的眼睛。

不過，既然現在的對手是奎頓，那也沒必要做到這種程度了。更何況……我還沒打算跟任何人交手。

「喝啊！」

奎頓的這一拳深深陷進我的臉頰。

我隨即被他打飛，撞上看熱鬧的人牆。

「我的攻擊還沒結束啊！」

奎頓的拳頭再次襲向我。

左、右、左、右、右、右。

我完全不還手，只是默默挨打，然後在絕佳的時間點癱軟倒地。

「這傢伙好弱！有夠弱耶！」

「嘎哈哈，完全是個砲灰嘛！」

圍觀者的嘲笑聽來讓人舒適又自在。

「竟然嚇得完全不敢還手？也太沒出息了吧。」

奎頓俯瞰著倒地的我這麼笑道。

「我的拳頭可沒有廉價到得在這種關頭揮舞呢。」

我仰望著奎頓這麼笑道。

「看來你受到的教訓還不夠啊！」
「住手！」
安妮蘿潔的高喊聲，制止了揚起拳頭的奎頓。
「你做得太過火了。還想繼續打的話，就換我奉陪吧。」
安妮蘿潔抬頭怒瞪著奎頓這麼說。
「喂喂喂，這位小妹妹要當你的對手呢！」
「嘎哈哈，也來當我的對手嘛～！」
不同於看熱鬧的人們的亢奮情緒，奎頓的神情變得緊繃。他「嘖」了一聲便轉身離開。
「幹嘛啊，奎頓，去撒尿？」
「就這樣結束啦？真沒勁～」
奎頓離開後，人牆也跟著瓦解。
「對不起，我沒想到會演變成這樣。」
安妮蘿潔朝我伸出手。
我無視她的手，自己從地上爬了起來。
「妳想阻止的話，應該隨時都能出面阻止。我有說錯嗎？」
聽到我的提問，安妮蘿潔有些窘迫。
「我覺得，與其讓你在『武心祭』上發生無法挽回的憾事，在這裡嚐點苦頭，也是為了你好。可是，對方做得太過火了。你的傷勢還好嗎？」

安妮蘿潔再次朝我伸出手，但被我用一隻手擋下。
「沒事。」
「等等……咦？」
安妮蘿潔似乎察覺到了。察覺到我即使挨了那麼多拳，身上卻看不到明顯傷痕。
要說傷痕的話，大概只有被劃傷的嘴角吧。
我以大拇指拭去嘴角滲出的血絲，轉身準備離開。
「血的滋味……感覺好久沒嚐到了呢……」
我以能夠被安妮蘿潔聽到的音量輕喃。
「……！等等！你叫什麼名字？」
我能感覺到她的強烈視線從背後傳來。
「……吉米那。」
語畢，我混入前方的人群之中。
然後擺出握拳的勝利姿勢。
好耶！
我完成那個課題了。
「明明是遭眾人嗤之以鼻的無名小卒，一部分的人卻察覺到了異常之處！」

我超喜歡這種橋段呢。

如果要問我的意見，我會說在大會開始前就展露自身實力，不過是三流的玩法。這麼做沒有半點樂趣。在最無趣的地方展現自己的實力，又能幹嘛啊？

在大會開始前，幾乎被所有人瞧不起，才是最恰到好處的發展。等到大會開始後，讓這些人湧現「咦，那傢伙很強耶？」的想法，待全場氣氛來到最高潮時，再變成「那傢伙強得亂七八糟耶！」才是最一流的玩法。

在即將到來的那個瞬間之前，持續控制觀眾的認知，便是我在「武心祭」上的使命。

我一邊在腦中進行個人檢討會，一邊躲進暗處。

看到安妮蘿潔等人離開後，我偷偷溜出來重新排隊，順利完成了「武心祭」的報名。

「武心祭」的預賽下星期開打。變回席德的外貌後，我來到競技場進行事前確認，妄想各種不同的展現實力橋段，接著到「鮪當勞」買了兩個三明治，邊吃邊走回宿舍。

走在夕陽西下的路上，我想起之前曾答應阿爾法要請她吃「鮪當勞」的約定。

因為阿爾法一直很忙，在那之後，我們至今仍不曾碰面。算了，以後再找機會請她吧。阿爾法是精靈族，所以應該能輕輕鬆鬆活個三百年，我則打算靠魔力讓自己活個兩百年。只要記得在死前請她就好了。慢慢來吧。

愈靠近學園，蟬鳴便越發響亮。夏天傍晚是屬於蟬的時間。雖然是我擅自認定的就是了。

學園被夕陽餘暉染上一片朱紅。在發生那場大火後，相關的重建工程進行得十分順利。照這種進度的話，應該會如同一開始的計畫那樣，在暑假結束時興建完畢吧。之前，尤洛曾憤恨地咒罵「幹嘛不全部燒光啊」，我其實也有同感。期望暑假延長的學生，應該全都懷抱著這樣的想法。

我從校舍旁走過，來到通往宿舍的小徑。

路上的人很少。

大多數的學生都回家了。話說回來，姊姊之前也大發雷霆地命令我跟她「一起回老家」，但我無視她的要求跑去聖地，不知道她之後怎麼樣了？會在「武心祭」的複賽開始時回來嗎？

我一邊思考著這些，一邊吞下第一個三明治的最後一口。

就在這時候——

「俗話說，大意失荊州喲。」

練習用的細劍劍鞘輕觸我的肩頭。因為完全沒有感覺到殺氣，我甚至來不及做出任何反應。

劍鞘的主人輕笑一聲，然後將細劍收納入鞘。是蘿絲，有著蜂蜜金色秀髮和柔和五官的美女。

「嗨。妳在練劍嗎？」

「是的，因為有些空閒時間，我剛剛在練習揮劍。你去了『鮪當勞』嗎？」

「我認識那家店的店長。雖然是最近才認識的。」

「我前幾天也和朋友三個人一起去過呢。那裡的餐點真的相當美味。」

「三個人？」

「是的。我、夏目老師和亞蕾克西雅學妹。」

雖然搞不太清楚這三人為什麼會湊在一塊兒，但她們之前在聖地好像都一起行動來著？

「妳們三個感情很好？」

「我跟夏目老師變成感情非常融洽的朋友。而亞蕾克西雅學妹是個很好的女孩，所以我也馬上和她變得要好了。」

只要還認為亞蕾克西雅是個好女孩，不管再怎麼努力，都無法跟她變成閨蜜吧。

「不過，亞蕾克西雅學妹跟夏目老師似乎處得不太好。」

蘿絲以有些悲傷的表情這麼說。

貝塔跟亞蕾克西雅的組合啊……我倒覺得她們倆應該是同類耶。

「之後應該就會變好了吧。」

「若是這樣就好了……我很擔心要是哪天自己不在了，那兩人能否好好相處呢。我們三個之後打算一起攜手合作。雖然不確定我們能做些什麼，但希望可以多少讓這個世界朝更好的方向發展。」

「因為世界和平很重要嘛。」

「是的。」

蘿絲以燦爛的笑容回應。

「對不起，時間有點晚，我必須失陪了。」
天色正在慢慢轉暗。
「嗯，再見嘍。」
「……那個……」
雖然才說要失陪了，但蘿絲似乎還有什麼話想說。
「怎麼了嗎？」
猶豫半晌後，她這麼開口：
「我等等要和父王見面。他今天會介紹我的未婚夫給我認識。」
「這樣啊。」
「是的。」
「我就不跟妳說『恭喜』嘍。」
因為蘿絲的表情看起來並不想聽到這種話。
「我是奧里亞納王國的公主。身為公主，我背負著眾多期待一路走到現在。可是，我卻因為自己的任性，背叛了這些期待。」
「嗯。」
「或許，我接下來還會背叛更多人的期待。」
蘿絲以悲傷的表情朝我微笑。
「可是，這次就不是因為我個人的任性了。我也希望只是我杞人憂天，但……如果……如果發生了什麼事，你願意相信我嗎？」

「嗯，我知道了。」

「如果你能相信我，我就沒有其他好奢求的了。希望日後還能有機會像這樣跟你說話。」

蘿絲像是要掩藏自己的臉那樣垂下頭，然後轉身準備離去。

「噯。」

我喚住這樣的她，將手中另一個「鮪當勞」的三明治朝她扔過去。

「那個給妳。放輕鬆一點會比較好喔。」

「謝謝。」

蘿絲以一個柔和的微笑回應我。

隔天，我被尤洛的吶喊聲吵醒。

「聽說學生會長蘿絲刺傷了自己的未婚夫，然後逃亡了耶！」

仍躺在床上的我，不解地思考是什麼原因驅使她這麼做。

「那個女人在搞什麼啊……」

亞蕾克西雅在自己的房裡道出這句話，然後狠狠咂嘴。

「蘿絲大人似乎逃亡至王都北部了。她現在應該還沒離開王都。」

以公事公辦的語氣這麼開口的，是坐在沙發上的夏目。

亞蕾克西雅以苦澀的表情看了夏目一眼，接著又咂嘴一次。

她能得知蘿絲殺害未婚夫未遂的詳細情報，還得感謝夏目才行。雖然是個真實身分成謎的女人，但夏目的情報網相當有用。亞蕾克西雅也因此聽說了許多關於迪亞布羅斯教團的傳聞。

「奧里亞納王國似乎打算把這件事當成自國的問題處理。他們有向米德加王國提出拒絕他國插手的要求。」

「很可疑呢。」

「是的。雖然可以用米德加王國的法律予以制裁，但這麼做會影響到兩國之間的關係。所以，米德加王國恐怕也會避免介入吧。」

「嗯，我想父王應該只會當個旁觀者吧。」

想到凡事奉行消極主義的父親的那張臉，亞蕾克西雅不禁再次咂嘴。

「蘿絲大人的未婚夫，是奧里亞納王國的公爵家次男多艾姆．凱茲哈特。倘若被逮捕，她想必得接受嚴懲。」

「即使是王族可以逃過死刑，但八成也會被幽禁或流放吧……總之，我們得比奧里亞納王國更早一步找到蘿絲學姊，再聽聽她的說法。」

「請等一下。蘿絲大人之前完全不曾和我們提及這件事。我認為她是為了避免我們倆介入，進而導致這件事發展成兩個國家之間的問題。」

「那又怎樣？」

亞蕾克西雅筆直望向夏目。

「我想，還是避免貿然行動比較妥當。」

「妳的意思是要丟下蘿絲學姊不管？」

「我沒有這麼說。我只是認為應該在深思熟慮後採取行動。」

「什麼意思？妳想說我什麼都沒在想嗎？」

「我沒有這麼說。我只是認為應該再花一點時間思考比較好。」

「什麼意思？妳想說我是笨蛋嗎？」

「我沒有這麼說。畢竟，每個人都有擅長與不擅長的事物。」

「什麼意思？有什麼想說的話，妳就清楚說出來啊。」

「這……敝人不勝惶恐……」

夏目的雙眼透出不安。

亞蕾克西雅大步朝她走去，一把揪住她的衣領往上提，被低胸上衣包覆著的兩團脂肪跟著餘波盪漾。

「少跟老娘裝乖啦。」

亞蕾克西雅在極近距離之下怒瞪著夏目。

「噫！不……不要殺我～……！」

企圖逃脫的夏目拚命掙扎，雄偉的雙峰也隨著她的動作晃個不停。看到那彈力十足的脂肪上頭生著黑痣，讓亞蕾克西雅更莫名火大。

「我就是在說妳太假啦。」

「嗚啊啊……」

「宰了妳喔。」

「啊哇哇……」

看到眼眶泛淚地仰望著自己的夏目，亞蕾克西雅咂嘴，然後放開她。

夏目「咚」一聲跌回沙發上。

「蘿絲學姊一定有什麼理由，才會做出這種事。我能明白她不想把我們捲入的心情。正因為這樣，我才覺得不爽。」

「啊……啊～？」

「愈是要我不准做什麼，我就愈是想做；愈是不想把我捲入，我就愈想被捲入。」

「呃……」

因為不知該作何反應，夏目以一臉複雜的表情抬頭望向亞蕾克西雅。

「我們是同伴呀。雖不知彼此真正的想法，但之後還是會以同伴的身分一起合作。對吧？」

「是……是的。」

「既然這樣，我就不打算對同伴見死不救。當然，我也不會對妳見死不救。妳明白了吧？」

「……是。」
夏目垂著頭起身。
「那麼，我負責去收集蘿絲大人的相關情報。她的未婚夫似乎有一些不好的傳聞，我也會試著打探這方面的內幕。」
「哎呀，真是坦率。我會先去找王姊商量。」
「那麼，今晚再一起交流情報吧。」
「是說，妳也太快就振作起來了吧。」
「那麼，晚點見。」
「姑且提醒妳一句，小心點喔。」
「亞蕾克西雅大人也是。」
朝亞蕾克西雅一鞠躬之後，夏目便離開了。
眺望著後者離去的背影，亞蕾克西雅重重嘆了一口氣。
「嗯，也只能盡量想辦法嘍……」
將凌亂的服裝稍做整理後，亞蕾克西雅也步出了房間。

五章

想來一場只會吸引強者目光的比賽！

The Eminence in Shadow
Volume Two
Chapter Five

週末假期結束後，「武心祭」的預賽開打了。

我和尤洛一起在競技場的觀眾席上觀賽。現在是大白天，場上的觀眾也稀稀落落。嗯，預賽基本上就是這樣吧。應該說這已經算不錯了。

其實，我昨天已經對戰了兩回合。不過不是在競技場，而是在隨處可見的草原上。嗯，預賽的第一場和第二場戰鬥，是在王都外頭的草原上舉行。沒有觀眾，對手的水準也極其糟糕。在這兩場戰鬥中，我都是隨便用金臂勾將對手打昏，然後取得勝利。實在是空虛無比。

到了第三場戰鬥，我才終於能踏上競技場對決。到了這個階段，對戰的水準也提昇到勉強能讓我接受的程度了。雖然人數很少，但我覺得有觀眾就不錯了。畢竟「武心祭」要到複賽才算真正開始。

「對了，賈卡呢？」

我對不知道在做什麼筆記的尤洛問道。

「他回老家種田嘍。」

「原來如此。」

尤洛一邊觀賽，一邊勤勞地做筆記。他的脖子上掛著一條聖劍的項鍊。那是我從聖地帶回來送他的土產。他願意戴起來，我還挺開心的，只是，這讓我更懷疑他的審美觀了。

「你在幹嘛？」

「在收集對戰資料啊。玩賭盤的時候，外行人只會靠直覺下注，但我可不一樣。我會確實收集數據、加以統計，依據獲勝機率來下注。」

「哦～」

我探頭偷瞄尤洛的筆記內容。

上頭寫著「大概很強」、「大概很弱」、「不知道」等文字敘述。

「所謂的賭博啊，要用最後的結果來取得勝利。」

勤做筆記的尤洛帶著幾分得意這麼說。

「這樣啊。」

「外行人只會以一局的賭盤來決定自己是贏是輸，但我可不一樣。我不會拘泥於一局的輸贏，而是會增加嘗試的次數，在掌握確實的機率後，取得以十局為單位的勝利。」

「哦～」

「畢竟，我是個能夠以最終結果來取勝的男人……」

「好厲害呢。」

我打了個呵欠。

「這番話讓人深感興趣呢。」
這時，一名青年從我的後方現身。
「我們有說什麼讓你深感興趣的話嗎？」
「當然有嘍。」
聽到我這麼問，蓄著一頭閃亮金髮、五官深邃而讓人印象深刻的帥哥微笑著回答。
「你……你是……！」
「你認識他啊，尤洛？」
「你是不敗神話哥德．金麥齊先生嗎！」
面對尤洛閃亮亮的眼神，哥德先生揚起自己的瀏海答道：
「這個別名讓人有點難為情呢。可以改叫我常勝金龍哥德．金麥齊嗎？」
「好……好的！常勝金龍哥德先生！」
我比較喜歡不敗神話這個別名耶。
「你在收集對戰數據是嗎？」
「是的！」
「你很有前途喔。對我來說，收集數據也是不可或缺的準備工作呢。」
「是……是這樣嗎！」
「是啊。一切都是為了……常勝。」
「太帥了～！能請你賜教嗎？」

「傷腦筋呢。只能稍微聊一下喔。」

我覺得應該會拖得很長耶。

因為也快輪到我上場了，在這個時間點離開正好。

「我去拉個屎。」

「快去吧。」

我在廁所變裝完畢後，便走向選手休息室。

尤洛十分專注地聽著常勝金龍哥德·金麥齊大談他的常勝理論。

「例如呢……我就拿接下來這場對戰舉例吧。」

「是！」

接下來的兩名對戰選手，這時也剛好被叫上競技場。

「第三回合的第十二組！岡札勒斯對吉米那·賽涅！」

兩名魔劍士相互對峙。

「根據我個人的理論，在開打前，其實就能判斷選手大致上的實力為何。首先是岡札勒斯。光看那身均衡健美的肌肉，就能明白他擁有強大的體能。他的眼神和桀驁不遜的表情，散發出身經百戰的鬥士氛圍。我約略評估了一下，他的戰鬥能力值應該是一千三百六十四。」

「戰……戰鬥能力值？那是什麼呢？」

「是我將收集到的戰鬥數據加以分析後，再轉化為數值的表現方式。一千三百六十四的戰鬥能力值，還算是個不錯的數字。」

「好厲害啊～！」

「相較之下，吉米那．賽涅就……唔……」

常勝金龍哥德．金麥齊以犀利的眼光直視吉米那，然後沉默下來。

「你……你怎麼了？」

「不……這實在是……不過……這應該……」

「哥……哥德先生？」

「噢，抱歉，我竟然思考得出神了。」

「難道，那個吉米那是足以讓你陷入沉思的……？」

「嗯，那個男人……吉米那．賽涅……是極其驚人的小嘍囉角色啊！」

說著，常勝金龍哥德．金麥齊噗哧笑出聲。

「咦……？小嘍囉？」

「沒錯！真不知道他是怎麼撐到第三回合的呢！是受到奇蹟眷顧了嗎？」

「他……他看起來確實很弱……」

「長相看起來很弱、體格看起來很弱、散發出來的氣場也很弱！吉米那的戰鬥數據是三十三！哈哈！身為魔劍士，這算是最低標準了。」

「那麼，這場對決是岡札勒斯會贏嗎？」

「嗯，吉米那想必會被秒殺吧。這場比賽沒什麼可看性。」

就這樣，比賽開始了。

先動起來的人是岡札勒斯。

他以跟那身健壯肌肉不符的敏捷速度迅速逼近，揮劍朝吉米那砍去。

就第三回合戰而言，這樣的表現可說是出類拔萃。哥德將他評為身經百戰的鬥士，看來是正確的判斷。

面對岡札勒斯的斬擊，吉米那甚至來不及做出任何反應。

在所有人都認為吉米那會敗北的下個瞬間——

岡札勒斯狠狠摔了一跤。

他在即將觸及吉米那的前一刻跌倒了。

頭部直接撞上地面的他，就這樣暈了過去。

整座會場變得鴉雀無聲。呃，他應該會再爬起來才對吧——所有人都這麼想。

然而，倒地的岡札勒斯一動也不動。

看到吉米那收劍入鞘，轉身準備走下競技場時，裁判才終於回過神來。

「獲……獲勝者吉米那．賽涅！」

「開……開什麼玩笑啊！」

「把我的錢還來，混蛋！」

觀眾不斷對已經昏厥的岡札勒斯投以噓聲。
因為不知該作何反應，尤洛只能望向哥德・金麥齊的臉。
「哎……哎呀，有時也會發生這種事嘛。」
常勝金龍哥德・金麥齊以有些僵硬的表情這麼說。
「我們可以透過戰鬥數據來預測誰輸誰贏，但勝負這種東西沒有絕對。有沒有覺得上了一課？」
「大……大師，難道你早就預測到這樣的結果了……？」
「呵……」
關於這點，常勝金龍哥德・金麥齊並沒有多做說明。
「我來教你一個有用的方法吧。」
「咦……？」
「想在賭局中取勝，有兩種方法。一種是找出強者，然後押注在對方身上。另一種則是找出弱者，然後押注在其對手身上。」
說著，常勝金龍哥德・金麥齊站了起來，轉身背對尤洛。
「明天，第四回合戰的第六組參賽選手，是常勝金龍哥德・金麥齊和吉米那・賽涅。」
「啥……！也就是說！」
這時，常勝金龍哥德・金麥齊轉身，指著尤洛問道：
「現在……你明白如何解開勝利的方程式了吧？」

語畢，他撩起閃亮亮的金髮揚長而去。
「超……超帥的～……」
尤洛茫然地目送這樣的常勝金龍哥德．金麥齊離去。
「我拉完屎回來嘍。」
黑髮少年回到尤洛身旁的座位上。
「喂，席德！明天有一場比賽，我絕對有自信能贏錢，我們一起卯起來下注吧！」
「咦，我才不要。」
「好啦，你就當作被騙一次，試試看嘛！」
「不要。」
「嘖，算了。你到時要是後悔，我可不管喔！」
接著，兩人又看了一下子的比賽，才返回宿舍。

「武心祭」的第四回合戰開打。
安妮蘿潔坐在觀眾席第一排，等待自己想觀看的那場比賽開始。
她淺藍色的髮絲在風中搖曳，相同顏色的一雙眸子，則是直盯著競技場。場上的觀眾人數比昨天多了一些，但仍不及所有座位數的一半。

「小妹妹，妳也是來觀摩那傢伙的比賽嗎？」

聽到有人這麼朝自己搭話，安妮蘿潔轉頭。

「我記得你是……」

「我叫奎頓。」

有著看似反派摔角選手外貌的奎頓，一屁股在安妮蘿潔旁邊的座位坐下。

「小妹妹，妳昨天也有來看第三回合戰吧？」

「嗯。聽你這麼問，你也有來看？」

「我原本沒打算看，只是不小心瞄到戰況而已。吉米那‧賽涅在第三回合戰的那場對決，妳怎麼看？」

兩條腿大剌剌往前方伸出去的奎頓這麼詢問安妮蘿潔。

「在我看來，那不像是因為對手不小心跌倒，導致他幸運獲勝。」

「嗯。那傢伙一定有搞鬼。雖然不清楚他做了什麼，但我想妳應該會知道吧，『貝卡達七武劍』的安妮蘿潔小姐？」

奎頓狂傲的視線，和安妮蘿潔犀利的眼神在一瞬間對上。

安妮蘿潔隨即別過臉去，然後蹺起腳，白皙的大腿在裙子開衩處若隱若現。

「我已經捨棄這個名諱了。現在只是平凡的安妮蘿潔而已。」

「那真是抱歉啊。雖然有點遲了，但還是恭喜妳通過了『女神的考驗』。」

「感謝。」

「那麼，小妹妹，該不會連妳都不知道他做了什麼吧？」

「我……我不知道。」

安妮蘿潔露出有些不服氣的表情。

「我沒想到自己竟然會漏看。是我太大意了。不過……我似乎有看到吉米那動了動他的右手。」

「哦……右手啊。」

「但我不知道他用右手做了什麼。唯一能確定的，就是那個動作極為迅速。」

「哼。那麼，就是我的推論出錯嘍。」

奎頓以鼻子哼氣，露出一臉無趣的表情。

「推論？」

「我以為他是用了什麼大賽禁用的古文物啊。」

「原來如此……這種可能性也不是完全沒有呢。」

「不管怎麼樣，看今天的比賽就能知道了吧。」

「也是。他的對手是不敗神話哥德．金麥齊。」

「我沒聽說過這傢伙，但他好像挺有名的。說是一次都不曾輸過。」

「在好的方面跟不好的方面都很有名呢。」

安妮蘿潔苦笑著回應。

「他很強嗎？」

「這個嘛……至今，我曾在形形色色的國家戰鬥過。有時是實際與人交手，有時是參加競技場大會。過去參加大會時，我有三次被分配到和哥德・金麥齊對決。」

「哦？哥德至今從來沒有輸過，所以……那時是妳輸了嗎，小妹妹？」

安妮蘿潔輕輕瞪了奎頓一眼。

「這怎麼可能。是因為我沒能跟他對決。一旦對上很強的選手，那個人就會逃跑呢。」

「啥？什麼跟什麼啊？」

「要是對上有可能讓自己敗北的選手，哥德就絕對不會跟對方戰鬥。他只會跟自己打得贏的對手戰鬥，一遇到強勁的對手，他會馬上宣布棄權。也因此，他有了『不敗神話』的別名。確實沒人能夠贏過他。不過，他好像不喜歡這個別名，自稱是『常勝金龍』。」

「常勝與不敗。這兩個詞彙雖然很相近，意義卻完全不同啊。」

奎頓咯咯咯地笑了幾聲。

「總之，就是不敗神話先生不值得期待了是嗎？」

「很難說喲。」

安妮蘿潔的嘴角揚起笑意。

「嗯，妳這是什麼意思？」

「不敗神話只會跟自己打得過的對手交戰，以這種做法躋身大會的高手行列。也曾在比較小規模的賽事中拿過冠軍。」

「哦……那就不是弱者了嘛。」

奎頓的眼神變得犀利。

「是的。他的強大之處，在於能明確判斷出敵我的實力差距。這樣的他在對上吉米那時，並沒有選擇棄權，也就是說……」

「原來如此啊～」

奎頓露出凶狠的笑容。

「就連不敗神話，也沒能看穿吉米那的實力嗎？」

「又或者，吉米那真的是個仰賴古文物力量戰鬥的卑鄙小人。」

「真要說的話，不敗神話一直只跟自己打得過的對象交手。所以，他至今都還不曾發揮過真正的實力。」

「這下子可有好戲看嘍。」

「是的，會有好戲上演。」

奎頓像頭野獸般笑著，安妮蘿潔則是舔了舔嘴唇。

現在，兩人的視線都落在競技場正中央。

在歡呼聲和喝倒彩聲籠罩下，吉米那・賽涅與哥德・金麥齊對峙著。

能夠真正理解這場對決意義的觀眾，就只有兩人。

「第四回合戰第六組，哥德・金麥齊對吉米那・賽涅！比賽開始！」

率先發動攻勢的人是哥德。

在比賽開始的同時，他一鼓作氣朝吉米那逼近。

然後瞄準吉米那的頸子，揮下手上那把裝飾過於華麗的雙手劍。

這個瞬間，吉米那甚至還來不及拔劍出鞘。他只是呆站在原地，無法做出半點反應。

確定自己能戰勝的哥德露出一口白齒燦笑。

但這個瞬間，他聽到了喀啦一聲。

「咦？」

疑惑出聲的人是哥德。不過，不只是他，全場觀眾都無法相信自己的眼睛。

哥德這一劍揮空了，沒能命中吉米那的頸子。

回過神來的時候，哥德才發現自己全身都是破綻。

「嘖！」

他的表情瞬間僵住。

面對這樣致命的破綻，吉米那開始行動了。

不過──

他只是緩緩從劍鞘裡抽出自己的劍。

僅只如此。
他放過了破綻百出的哥德，甚至像是沒察覺到這一點似的，以相當緩慢的動作拔劍。
哥德退到攻擊範圍之外，然後怒瞪著吉米那問道：
「你是在瞧不起我嗎？」
他的嗓音中摻雜著幾分不悅。

「妳有看到嗎？」
坐在觀眾席上的奎頓朝安妮蘿潔問道。
「勉勉強強。」
回答奎頓的問題時，安妮蘿潔仍以宛如猛禽的視線緊盯著吉米那。
「果然厲害。我沒能看到呢。原本以為不敗神話的劍會直接砍上吉米那的脖子。」
「沒錯，一般情況下，根本沒有多餘的時間迴避那一擊。不過……在被劍砍到的前一刻，吉米那扭動脖子，還發出『喀啦』的聲響。」
安妮蘿潔的嗓音聽起來滿是藏不住的錯愕。
「扭動脖子？我聽不懂妳在說什麼。」
「就是很普通地扭動脖子啊，像這樣喀啦、喀啦。」

說著，安妮蘿潔也喀啦喀地啦扭動自己的脖子示範。

「不，等等，這下子我更不懂了。」

「我也不懂呀。但是，在歪頭的瞬間，吉米那的脖子發出了『喀啦』的聲響，然後他就閃過了哥德的那一劍。」

「喂喂喂，哪可能發生這種事啊。妳是說，他為了扭動脖子而將頭歪向一邊，結果就剛好閃過那一劍？」

「我想應該是這樣。」

「說什麼傻話啊！哪可能有這種巧合！」

「倘若不只是巧合呢？」

「妳說什麼？」

安妮蘿潔的眼神變得更加犀利。

「他扭動脖子的速度，迅速得連我都必須聚精會神凝視才看得到。一介凡人能做到這種程度嗎？」

以肉眼無法捕捉的超高速扭動脖子，是凡人所做不到的事情——這是安妮蘿潔的觀點。

「咕！的確如此……」

「對他而言，閃過那一劍，說不定只是『順便』而已。他原本只是想扭動脖子，結果剛好對方揮劍砍來，所以就趁扭動脖子時順便迴避這樣。」

「荒唐！這才是不可能的事情！哥德的劍很快！妳竟然說他只是順便閃過？」

「我也是半信半疑啊。或許真的只是巧合而已。不過，倘若不是巧合……」
「唔！我絕對不認同這種可能性！」

哥德怒瞪著吉米那開口。
「真讓人不悅。你剛剛錯過了千載難逢的好機會。你錯過了說不定能贏過我、人生中只會出現一次的機會。可是，你為何還一副不痛不癢的樣子？」
哥德狠狠咬牙。
「你應該要表現得更不甘心啊。應該要更悲痛地自責啊。應該要更狼狽地垂死掙扎啊。否則，就是對我的褻瀆了。」
吉米那只是不發一語地聽著哥德這番話。
「難道你甚至沒有發現自己錯失良機？如果是這樣，那就沒辦法了。畢竟你也只是個戰鬥能力值三十三的無名小卒罷了。」
哥德以喉頭發出咯咯的笑聲。
「只是個無名小卒，竟然讓我蒙受這種奇恥大辱……我會使出全力擊垮你。就算死了，也別怨恨我喔。」
語畢，哥德舉起劍，將魔力凝聚於其上。

周遭的大氣震動起來，大量的魔力開始聚集。
會場的觀眾席一陣譁然。
「作為送你上路的伴手禮，我就告訴你吧。我的戰鬥能力值是四千三。」
在停頓一拍之後，哥德瞬間逼近吉米那，再次揮下手中的劍。

「邪神・秒殺・金龍劍！」

金色的魔力奔流，讓人產生那是一頭金龍的錯覺。
金龍朝吉米那襲去。
本應如此才對。
一陣「哈啾」的聲音傳來，金龍也突然跟著消失無蹤。
「噗呸啦！」
同時，哥德像顆陀螺那樣，橫向旋轉著飛到半空中。
觀眾席的喧鬧聲戛然而止。
重重摔落地面後，哥德躺在地上一動也不動了——所有觀眾都只能茫然看著這一幕發生。
「獲……獲勝者吉米那・賽涅！」
在轉身離去的吉米那身後，裁判高聲宣布了獲勝者之名。

「看來，哥德．金麥齊不是什麼三流之輩啊……」

這是奎頓在比賽結束後道出的第一句感想。

方才聽了安妮蘿潔的說明後，他對哥德這個人不屑一顧。

但他沒料到哥德竟然能把自己的魔力，以如此鮮明的方式具體呈現出來。

哥德最後使出的那記攻擊所蘊藏的力量，強大到就算他因此突破了「武心祭」預賽，也沒什麼好奇怪的。

「他比我想像的更能打呢。倘若他願意往更頂尖的目標邁進，持續和強者交手，現在應該能成為一名更加優秀的魔劍士才對。」

「那麼，吉米那最後做了什麼？」

安妮蘿潔以雙手抱胸，邊嘆氣邊開口：

「如果我沒看錯的話……他好像是打了個噴嚏。」

「啥？」

「我想，是因為那頭金龍炫目到令人睜不開眼睛吧。吉米那在打噴嚏的同時揮下手中的劍，剛好衝過來的哥德就被他打飛了。」

「不不不，這太奇怪了吧。金龍對上噴嚏，最後竟然是噴嚏贏了？」

「實際上看起來的確是這樣。哥德說吉米那錯過了千載難逢的好機會，但對後者來說，那或許根本不是什麼好機會。只要有心，吉米那隨時都可以撂倒哥德，所以沒有必要等他露出破綻……不對，或許對吉米那而言，每個瞬間都是可以攻擊的破綻……？」

至此，安妮蘿潔因自己的推斷結果而背脊發冷。

這不可能。

沒錯，這只是假設罷了……她只是過度高估了吉米那的實力而已。

「簡直愚蠢透頂。」

用鼻子哼笑一聲之後，奎頓以粗魯的動作起身。

「認真聽妳說明真是虧大了。我可不會認同這種胡搞瞎搞的傢伙。要是吉米那一路打上去，就會在預賽的晉級賽跟我對決。到時，看我怎麼把他的狐狸尾巴揪出來。」

奎頓朝已經不見吉米那身影的競技場上瞅了一眼，接著便離開了。

安妮蘿潔仍留在座位上思考吉米那方才的行動。

「我也能做出跟他一樣的動作嗎……？」

她坐在椅子上，先是扭動脖子，接著打噴嚏。

就這樣，安妮蘿潔不斷重複這兩個動作好幾次。盡可能迅速並將動作幅度控制在最小。

喀啦、哈啾、喀啦、哈啾、喀啦！

「哈啾……啊……」

至此，才發現周遭的其他觀眾正以狐疑的眼神望向自己的安妮蘿潔，連忙頂著一張羞紅的臉逃離現場。

不敗神話殞落。

這個消息在競技場狂熱分子之間蔓延開來。

雖說目前還是預賽階段，但不敗神話哥德仍算是受到矚目的一名魔劍士。聽到他被默默無聞的吉米那打倒，很多人都大為震驚。不過在了解詳細的賽況後，他們大概都能接受這樣的結果。

吉米那能贏，感覺只是湊巧而已。

這是競技場狂熱分子們最坦率的感想。

不過，一部分的狂熱分子，以及實際觀看過那場對決的少數觀眾，開始對吉米那的評價抱持疑問。

他們親自前往觀看吉米那上場的回合，打算在比較近的地方評估他的實力。

然而——

「啊啊啊～！奎頓選手倒地～！看來是無法再站起來了！吉米那選手再次只憑一記攻擊贏過對手！」

「武心祭」預賽的B組晉級賽，又在吉米那獲勝的情況下落幕。

而且又是一擊就撂倒對手。

就連競技場狂熱分子，也無法準確推估出吉米那的實力。在今天這場比賽中獲勝的他，日後將能夠參加複賽，但沒有半個人知道他是怎麼一路贏過來的。

就算只是巧合，也未免巧合過頭了，他想必擁有一定程度的實力。

在預賽的晉級賽跟吉米那交手的，是擁有穩定實力，在競技場狂熱分子之間的評價也相當不錯的魔劍士奎頓。連這樣的奎頓，都在無計可施的狀態下敗北，這下恐怕不認同吉米那的實力也不行。

然而，只要無法釐清吉米那是如何取勝，就無法判斷他的實力高低。

雖然應該是比奎頓來得強，不過，吉米那的實力，真的足以讓他站上複賽的舞台嗎？

假設吉米那是實力高強的魔劍士，那他會是能跟「武心祭」的歷屆冠軍並駕齊驅的強者嗎？

競技場狂熱分子之間的相關討論愈來愈熱烈。

大部分的人，都判斷在參加複賽的選手之中，吉米那應該算是等級比較低的魔劍士。

從他的實際成績來看的話，這樣的判斷也很正常。

畢竟，打進複賽的選手，盡是曾經在其他賽事或戰場上締造出輝煌功績的知名魔劍士。但吉米那卻沒有半點這類的亮眼成績。

從客觀角度來看，沒有任何東西足以證明吉米那的實力。

因此，他的評價自然不高。

不過，仍有一部分的狂熱分子願意買單。他們認為吉米那是這屆大賽的一頭黑馬。從複賽參加者的名單來看，今年的「武心祭」八成又會是愛麗絲拔得頭籌。不過，倘若有人能夠顛覆這樣的結果……想必就會是那名實力成謎的神祕青年了吧。

吉米那以背影接下滿是這類期待的視線，然後退場。

複賽從下星期開始。

第一回合戰是吉米那．賽涅對安妮蘿潔。

有九成的觀眾都預測安妮蘿潔會贏。

今天對上的那個大叔莫名有活力呢──我一邊這麼想，一邊離開競技場。他的名字好像是奎……奎什麼來著？那種完全衝著我來的敵意感覺很新鮮呢，真不錯。

這樣一來，我就能參加「武心祭」的複賽了。比賽下個星期開始。

到現在，觀眾的反應感覺還可以。我打算到了複賽再展現實力，在下星期到來之前，就努力在腦中做情境模擬吧。

我走在通往選手入場口的長廊上，同時思考這些時，一名淺藍色頭髮的女子擋在我的面前。我記得她叫做安妮蘿潔。

「有何貴幹……？」

「沒想到你會打進複賽。你挺有兩下子嘛。」
她以強勢的眼神望向我。
「這是理所當然的結果。」
「是嗎？是我誤判你的實力了——我只是想跟你說這件事。不過，我還要給你一個忠告。」
「忠告……？」
「我已經看穿你的行動模式了。你最好不要以為下次還能像前幾場對決那樣取勝。」
安妮蘿潔露出充滿自信的笑容這麼說。
「呵……」
我揚起嘴唇輕笑，然後漠不關心地從安妮蘿潔身旁走過，彷彿自己對她完全無話可說那樣。
拜託妳繼續跟我搭話！
我在內心這麼吶喊。
「有什麼好笑的！」
安妮蘿潔怒瞪著我問道。
謝謝妳！
我轉頭，以眼角餘光望向安妮蘿潔。
「老子也給妳一個忠告吧……」
說著，我脫下專門為了因應這種情況而綁上的護腕，扔向安妮蘿潔的腳邊。
砰咚。

掉在地上的護腕發出沉重的聲響。
「這……這是……難道你一直戴著這麼重的東西參賽嗎……？」
「這些重物是封印老子的枷鎖……遊戲到此結束了……」

砰咚、砰咚、砰咚。

卸下綁在兩邊手腕和腳踝上的四個重物後，我邁步走向出口。
「咕……你……你給我站住！」
但我不再停下腳步。
「我叫你站住啦！」
安妮蘿潔慌慌張張地繞到我的前方。
「你可別以為這樣就贏了喔。你看好了……」
說著，安妮蘿潔喀啦一聲轉動她的脖子。
感覺她這個動作莫名俐落。
「我也可以做到這種程度喔……」
「……是嗎？」
雖然搞不太懂，但我仍以一臉得意的表情繞過她身旁離去。
她那樣做是想表達什麼呢？

第六章

「影之強者」想在月光照耀下彈奏鋼琴！

The Eminence in Shadow
Volume Two

Chapter Six

The Eminence in Shadow

CHAPTER 6

夏季的早晨總是特別清爽。

我遠眺著窗外的藍天，伸了一個大大的懶腰。

賴在床上的我，就這樣無所事事地繼續發呆。

暑假所剩的時間不多了。

「武心祭」的複賽也要在下星期開始，我得好好進行情境模擬才行。

不過，人類畢竟還是需要像這樣什麼都不做，只是呆滯地虛度光陰的時間。

對不起，這大概是騙人的。

但至少我需要。

「喂，席德！我有個好消息，快把門打開！」

外頭突然傳來尤洛猛捶我的房門並大喊的聲音。

只要人與人之間存在著相互往來的關係，惱人的事情便會從中衍生。既然會覺得惱人，人們為何又要渴求他人呢？在所剩不多的暑假早晨，我被迫思考這樣的哲學問題。

這種感覺還不錯呢。很像總是與人保持一定距離，等到別人找上門來時，只能搖搖頭嘆道「真沒辦法」的強者。

「是是是，我來啦。」
我打開房門讓尤洛入內。
「這是學生會長蘿絲的懸賞海報。活捉她的話可以領到一千萬戒尼的懸賞金。提供有利情報的話，則是從五十萬戒尼起跳。」
「哦～」
我從尤洛手中接過海報端詳。
「我們一起去逮捕她吧。」
「不不不，為什麼啊？」
「因為我缺錢。」
尤洛以賭上性命的語氣這麼回答。
「你之前不是說有個一定能贏錢的賭盤嗎？」
「別提這件事了。」
「你應該撈了一筆才對啊？」
「少囉唆，閉嘴。聽好了，我不會刻意解釋理由，但總之我很缺錢。因此，我需要錢。」
「這樣啊。」
「所以，協助我吧。」
「不要。你一個人去啦。」
「等等，你好～好想一下啦。比起一個人找，兩個人找絕對比較好。因為找到的機率會變成兩倍啊。」

「哦～」

我被尤洛揪住肩頭，腦中浮現了「有夠麻煩耶」的感想。

真要說的話，我反而想讚揚蘿絲刺傷婚約者逃走的反骨精神呢。這樣活力百倍的不是很棒嗎？

也就是說，要問我的立場的話，我支持蘿絲逃亡。

「拜託！我誠心拜託你！」

尤洛很罕見地朝我鞠躬。

「唔～」

就在這時候——

「席德同學，你姊姊來了喔。」

舍監從房門外探頭進來這麼對我說。

「姊姊？」

「席德同學的姊姊啊。她在宿舍外頭等你，快去找她吧。」

這麼交代過後，舍監就離開了。

「克萊兒姊姊嗎……她回來了啊。」

我有種不好的預感。

我隨即開始思考何者比較麻煩。

「好，蘿絲逮捕作戰開始。」

「席德，我就相信你絕對會這麼說！這才是我的摯友！」

我揪住尤洛的衣領，然後推開窗戶。

「喂，席德，你要幹嘛？」

「沒時間了，從窗戶離開吧。」

「啥？你在說什麼啊？咦……等……等一！」

「喝！」

我們就這樣從窗台往下跳。

「愛麗絲王姊很感謝妳提供的情報。她似乎希望妳以後也能繼續進行相關協助。」

「這是我的榮幸。」

貝塔望著走在前方的亞蕾克西雅的背影這麼回應。

後者拎著魔法提燈，在昏暗的螺旋階梯上一步步往下。

兩人已經來到相當下方的深度了。冰冷潮濕的空氣，讓人感受到這裡位於地底的事實。

「判斷多艾姆·凱茲哈特跟教團脫不了關係，會比較妥當，是嗎？」

「是的。」

「問題只在於沒有證據了。」

「是的。這是牽扯到國家和宗教的問題，所以只憑一般證據的力量並不夠。」

「這我也明白。因為父王嚴厲地囑咐過我呢。他說，想把迪亞布羅斯教團跟聖教扯上關係的話，需要國民和周邊國家都能接受的理由。」

「畢竟，要是被認定為異端分子，人生就等於結束了。」

「不過，也不是聖教的所有信徒，都跟迪亞布羅斯教團有關吧。應該只有高層的少數才對？」

「正因如此，才更難以對付。」

「也是。」

喀、喀——兩人的腳步聲在階梯上迴盪。

「父王堅持不能跟聖教起衝突。這樣的話，他又打算怎麼處理迪亞布羅斯教團的事情啊？」

「或許會維持過去那種無視的方針吧。」

「維持過去的方針……？」

亞蕾克西雅的腳步聲慢了一拍響起。

「只是我個人的臆測而已。請忘了吧。」

「……好吧，現在就算了。王姊說了一件令我在意的事。她說奧里亞納國王有種魂不附體的感覺。」

「魂不附體……是嗎……」

「我也是第一次和國王會面，所以搞不太清楚。不過，他身上有種淡淡的甜膩香氣。」

甜膩的香氣——這讓貝塔聯想到某種藥物。

「或許為時已晚了呢……」

「教團已經開始行動了。若是照父王的方針去做，這個國家早晚也會……」

至此，兩人沒有再繼續對話，只是沉默地一直往下走。

「到了。」

在亞蕾克西雅停下腳步之處，有一個看起來很深的垂直洞穴，以及通往下頭的爬梯。

「這是王都地下道的入口之一。妳應該也知道吧？」

「是……是的。在遙遠的過去，為了讓王族在發生緊急情況時逃走，便打造了這座地下道，其範圍遍及整個王都。」

「沒錯。不過，因為地圖、鑰匙和暗號等相關資料都遺失了，現在只是一座普通的迷宮。」

「那麼，我們為什麼要到這裡來？」

「為了把妳解決掉。」

說著，亞蕾克西雅將手按上腰間的劍……然後笑出聲來。

「開玩笑的。妳看起來一點都不怕耶。」

「噫～！不要殺我……！」

「我認為蘿絲學姊有可能逃進這個地下道了。」

看到亞蕾克西雅無視自己精湛的演技，貝塔有些不悅。

「我們現在下去找她吧。」
說著，亞蕾克西雅隨即準備爬下梯子。
「那個，請妳等一下。」
「幹嘛？」
「妳有把這件事告訴任何人嗎？」
「我怎麼可能說啊。一定會被阻止的嘛。」
「這座地下道現在似乎已經跟迷宮沒兩樣了，妳有把握能順利找到出口嗎？」
「很簡單呀。迷失方向的話，從走過來的那條路折返回去就好了。」
「那個，雖然有點難以啟齒，但能請妳不要把別人捲入自己突發奇想的行動之中嗎？」
「我拒絕。」
兩人瞪著彼此半晌。
「有意見的話，妳就回去吧。」
亞蕾克西雅拋下貝塔，逕自沿著梯子往下爬。
儘管很想就這樣拋下亞蕾克西雅離開，但現在要是讓她死了，情況也會變得很傷腦筋。
「當保母也是工作的一環喲，貝塔。」
這麼輕聲說服自己後，貝塔追上亞蕾克西雅的腳步。

我走在清晨的王都裡。

尤洛說要去向人打聽情報，然後就跑得不見蹤影了。

在這個世界，人們會在太陽升起後隨即開始行動。

街道上已經開始瀰漫熱鬧的氛圍。

雖然答應尤洛一起尋找蘿絲的下落，但我其實不打算太認真找。畢竟我現在仍希望她能夠順利逃走。就佯裝成有在找的樣子，藉此打發時間吧。

不過，關於刺傷未婚夫這種充滿叛逆精神的行徑，我倒是有點想了解動機為何。可以的話，我很想聽蘿絲親口說明。

總之，只要可以打發時間，對我來說怎麼樣都好。

怒氣這種東西會隨著時間消散。姊姊必定需要一段讓她好好冷靜的時間。

一邊想著這些，一邊茫然發呆時，我聽到了不知從何處傳來的鋼琴聲。

「嗯……」

其實，我還挺擅長彈鋼琴的。

在前世，我為了成為「影之強者」而努力練習彈鋼琴——騙人的。只是因為家裡的教育方針而被強迫學習而已。

說真的，與其把時間耗在練習彈鋼琴這種事情上，我更想把時間拿來進行為了成為「影之強者」的修行。因此，對於學鋼琴，我提不起半點勁。不過在家庭教育方針之下，個人意願基本上只會被忽略。

心不甘情不願地開始學鋼琴的我，在持續練習一陣子之後，突然發現彈鋼琴這種消遣也不賴。

首先，要是讓身邊的人知道我擅長彈鋼琴一事，光是這樣，就能讓他們擅自在腦中想像出我是個什麼樣的人。

諸如「這傢伙回家之後應該都會忙著練習鋼琴吧」之類的。

對於為了成為「影之強者」，而把交友關係控制在最小限度的我來說，這樣的誤會令人不勝感激。

另一點，則是單純因為我發現了鋼琴的帥氣。

在月光照耀下彈奏鋼琴的「影之強者」……這不是很讚嗎？

可以表現出我除了強大以外，「在藝術方面的造詣也很深啊……」的特質。

太帥氣了……

回過神來，我發現自己花了滿多心力在鋼琴上。

當然，為了成為「影之強者」而進行的相關修行，優先順位依舊是最高的。不過，以彈奏鋼琴的方式營造出戰鬥即將展開的氛圍，也讓人十分難以割捨。

因為這樣，自己這麼說雖然有點厚臉皮，但我的鋼琴彈得相當不錯。

「挺有兩下子的嘛……」

我這麼輕喃。

不過，現在傳來的琴聲也很優美。

貝多芬的第十四號鋼琴奏鳴曲《月光》嗎……

這是我也很喜歡的名曲。應該說，這首和「影之強者」再相稱不過的曲子，是我的超級愛曲。

所以，我完全不覺得自己彈奏的《月光》會輸給其他人。不過，這名演奏者呈現曲子的手法也相當獨到。

「很不錯……讓人有種月光灑落在腦中的感覺……雖然現在是一大清早……」

像這樣表達出「這傢伙還挺厲害的……」後，我不經意地察覺到一件事。

貝多芬的名曲出現在這個世界，感覺不太對勁吧？

我一臉認真地穿越人群，朝琴聲傳來的方向前進。

老實說吧。

其實我已經猜到了。

畢竟我也不是個傻子。

悠揚的琴聲從王都的某間超高級飯店一樓的咖啡廳傳來。

這裡的保全戒備相當森嚴，普通老百姓無法入內，但我憑著這張臉就進去了。

大方踏進飯店裡的同時，她剛好將這支曲子演奏完畢。

「伊普西龍……」

那是一名髮色宛如清澈湖水般動人的美女。她身上雖然是一襲夏日風情洋溢的無袖洋裝，但為了掩飾那兩塊史萊姆的存在，胸口的部分是完全被布料遮住的設計。這點也很有伊普西龍的風格。

她的雙腿也穿上了絲襪，不給人窺見裸足的機會。腳上穿的則是隱形增高鞋。

真有本事。

待我走近後，伊普西龍也發現了我的存在。

她先是向其他賓客一鞠躬，接著領著我走向休息室。

關上休息室大門之後，伊普西龍轉過身朝我微笑。

「主君，您聽到我的演奏了嗎？真是難為情……」

伊普西龍的雙頰微微泛紅，還以從下方抬起雙眼的角度對我說話。但我可不會上當。

「伊普西龍，剛才那支曲子是《月光》對吧？」

「是的。在您教授我的眾多樂曲中，那是我最喜歡的曲子。」

「啊，是喔？我也最喜歡那首曲子了呢。」

雖然我壓根沒有教授她的意思，不過，聽到別人也喜歡自己喜歡的東西，總讓人有些開心呢。

「託您的福，我以鋼琴家兼作曲家的身分，順利和社會上有頭有臉的大人物們建立起友好的關係了。」

「咦，作曲家……？」

「是的。從《月光》到《土耳其進行曲》、《小狗圓舞曲》，此外……」

伊普西龍以幾分得意的語氣，告訴我她至今創作的各色名曲深獲貴族青睞，並因此獲獎，還被招待前往藝術之國的輝煌經歷。

抱歉了，貝多芬、蕭邦……還有其他諸多偉大的作曲家們。

在這個世界，你們創作的名曲，都變成出自伊普西龍之手了。

「……上次的演奏會大受好評，因此，我之後會為了工作而前往奧里亞納王國。您應該也知道，奧里亞納王國現在是個相當具有工作價值的地方……」

「因為是藝術之國嘛。」

「是的，因為是藝術之國……我想，這次應該能祭出特別好的『工作』成果。」

說著，伊普西龍露出妖豔的微笑。

「加油喔。」

「我會獻上和您傳授給我的經典名曲相符的完美演奏，以及最棒的『工作』成果。」

伊普西龍優雅地朝我一鞠躬。

「對了，我換個話題。妳知道蘿絲公主的下落嗎？」

「蘿絲公主嗎？因為這起事件是由貝塔負責，所以我不太清楚……不過，我聽說她逃進了王都的地下空間。您想了解詳細情報的話，我再去詢問貝塔……？」

「啊，不用了，知道這一點就可以了。」

如果幸運找到蘿絲，至少聽聽她是怎麼說的吧。

「謝謝。呃……」

我看著面帶微笑的伊普西龍，思考繼道謝之後的台詞。

一如聽到她也喜歡《月光》，讓我覺得很開心那樣，如果讓伊普西龍聽到她想聽的話，應該也會很開心吧。

「伊普西龍，妳的身材總是相當玲瓏有致呢。」

「沒……沒……沒……沒這回事我還有待加強呢……！」

無法望向伊普西龍的臉的我，將視線移往窗外。

夏季的藍色晴空無邊無際地延伸出去，世界就是這樣運作的呢——我這麼想著。

蘿絲走在昏暗的地下道裡。

在逃走之際負傷的背部，現在仍持續滲出鮮血。那是個雖然不深，但也絕對不算淺的刀傷。

盡快處理傷口比較妥當，但忙著甩掉追兵的她並沒有這樣的閒工夫。

蘿絲已經將魔力凝聚於傷口處，以此做了最底限的應急處置。然而，隨著時間經過，傷口逐漸增強的疼痛感，正不斷奪走她的體力。

她的呼吸很急促。

在意後方追兵的同時，她一直在思考。

那個當下，怎麼做才是正確的？

怎麼做才是最理想的？

得不出答案的問題，一直不停在她的腦中盤旋。

持刀刺傷自己的未婚夫多艾姆，是蘿絲那時在一瞬間做出來的判斷。不過，自己並非衝動行事，而是在有限的時間內選擇了最妥當的做法……她是這麼想的。

然而，蘿絲失敗了。

多艾姆倖存下來，她則成了被追緝的罪人。

就結果來看，蘿絲失敗了沒錯。低估多艾姆的實力的她，在這方面確實失誤了。但為了將多艾姆滅口而採取行動的選擇，並不見得是錯誤的。

她當下只能那麼做。看到徹底改變的父親……亦即奧里亞納國王的雙眼時，蘿絲隨即做出了殺死多艾姆的決定。多艾姆和教團暗中往來、失去自我而成了教團傀儡的父親……這些傳聞在剎那全都轉化為事實。

所以，蘿絲選擇拔劍。

那時，自己真的算是衝動行事嗎？

操之過急了嗎？
難道不是被焦躁和憤怒沖昏了頭嗎？
蘿絲自認自己有冷靜地做出判斷。
她不想求助於亞蕾克西雅或夏目。她必須將這件事作為奧里亞納王國內的問題來處理。雖然只是直覺，但蘿絲相信了自己這樣的直覺。
實際上，她這樣的政治考量確實沒有錯。
就結果而言，雖然她的刺殺行動失敗了，但這樣一來，犯下罪行的是蘿絲，所以這也會被歸為奧里亞納王國的問題。火勢尚未延燒至米德加王國。蘿絲在下意識迴避了最糟糕的結果。
然而，這恐怕也只是時間問題罷了。
蘿絲逃離現場時，多艾姆吶喊出來的那句警告，此刻在她的腦中復甦。
「妳最好在『武心祭』結束之前投降！否則我會讓奧里亞納國王殺死所有的貴賓！」
倘若真如多艾姆所言，奧里亞納國王動手殺害前來觀賞「武心祭」的貴賓的話……這將會引發一場大戰。儘管不知道多艾姆是不是認真的，但教團恐怕只把奧里亞納王國看做小小的一顆棄子罷了。
倘若真的是這樣……
蘿絲狠狠咬牙，表情也因不甘而扭曲。
她的父親並不是什麼賢王，奧里亞納也不是一個大國。

但對蘿絲而言，那是她在這個世上唯一的父親，以及唯一的祖國。
她只是想守護他們罷了。
這樣的感情化作內心的焦躁。
蘿絲狠狠地搥了地下道的牆壁。
到頭來，自己也只是被當下的情緒沖昏頭，然後衝動行事罷了。只要殺了多艾姆，一切都能迎刃而解。她產生了這樣的錯覺。
說穿了，多艾姆其實也只是一顆棄子。教團的魔掌或許已經伸向奧里亞納王國的深處，並向下紮根了。所以，就算除掉多艾姆一個人，也無法解決任何問題。
那時，應該還有別的選擇才對。
一定還有能順利解決所有問題、宛如魔法般的選項……
蘿絲癱坐在潮濕的地下道裡。
如果自己當下能做出最理想的選擇，讓一切都順利發展的話……蘿絲思考著這種不存在的可能性，然後自嘲。
都已經結束了。她甚至連自己逃跑的原因都不明白。
逃走之後，接下來又該怎麼做？
逃走就能改變什麼嗎？
當下是不是應該投降才對？

沒錯……這麼做一定比較好。

「是嗎……只要投降就好了啊。」

此刻，蘿絲仍不明白那個當下的自己該怎麼做才好。不過，她輕易明白了現在的自己該怎麼做。

投降的話，至少還能避免他國向奧里亞納王國宣戰。

她覺得心情輕鬆了一些，但同時，卻也有種像是失去了重要的東西那樣的失落感和悲痛情緒湧現。

蘿絲從口袋裡掏出「鮪當勞」的包裝紙。內容物已經被她吃掉了，但紙上仍殘留著些許麵包的香氣。

她想起了黑髮少年。他想必也聽說這起事件了吧。他會怎麼想呢？

他會擔心自己嗎？

會相信自己嗎？

說不定……願意動身尋找自己？

如果能除掉多艾姆、國王也能夠恢復正常的話……假設這種一切都能順利發展的未來存在的話……屆時是否就能與他共結連理了呢？

這一定是她最希望實現的美夢吧。
「對不起……」
蘿絲開口道歉。
一滴淚水從她的臉頰滑落。
她所描繪的夢想，已經碎成無數片了。
蘿絲小心翼翼地將「鮪當勞」的包裝紙摺好，再塞進裙子的口袋裡。彷彿那就是最後一片的夢境碎片。
「好痛……！」
蘿絲的胸口傳來一陣尖銳的痛楚。她解開胸前的鈕釦，凝視出現在那裡的一片黑斑。
這是〈惡魔附體者〉的證據。蘿絲是最近才剛剛發病。
打從一開始，一切就是不可能實現的南柯一夢。蘿絲垂下頭來自嘲。
這時，有道細微的聲音傳入她的耳中。
是追兵的腳步聲？
可是，要說是腳步聲，未免也太輕柔又優美了。她豎耳傾聽，發現是鋼琴的琴聲。
「是《月光》……？」
對音樂也有所涉獵的她知道這首曲子。在藝術之國奧里亞納獲得前所未見的高度評價的這首樂曲，從地下道的前方悠然傳來。
「好美……」

只是為了彈奏《月光》。

像是只為這一首曲子傾注了畢生的心血和時光那樣，彈奏者的技巧純熟而幾近完美。

蘿絲彷彿受到月色指引那樣，緩緩朝琴聲傳來的方向走去。

這個地下道被稱為王都地下迷宮，但比起迷宮，給人的感覺更像一座遺跡。路面是人為鋪設而成的石磚路，牆上則有雕刻或古代文字的刻印。

雖然牆面上出現過好幾扇門，但幾乎每一扇都打不開。不知道是需要鑰匙，或是遺跡本身的機能已經不復存在。

琴聲愈來愈靠近了。

在轉角處拐彎後，蘿絲發現了一扇被破壞的大門。

琴聲是從大門另一頭傳過來的。

蘿絲從門板上的大洞鑽進去，最後終於抵達了目的地。

映入眼簾的，是被帶著幾分魔幻氛圍的光芒籠罩的教堂內部。牆上的彩繪玻璃，描繪出三名英雄，以及被大卸八塊的魔人身影。

從彩繪玻璃透進來的陽光五彩繽紛。

一台巨大的平台鋼琴出現在眼前。

「闇影……」

他在這個被人遺忘的教堂裡，獨自彈奏著《月光》。

蘿絲閉上雙眼，靜心傾聽這動人的旋律。

闇影所譜出來的《月光》，和蘿絲至今聽過的任一種版本的《月光》都不一樣。即使演奏的是同一首曲子，樂曲仍會隨著演奏者不同，而呈現出不同的樣貌。

闇影的《月光》詮釋了黑暗。

深邃不已的夜晚黑暗，以及打入這片黑暗的一道光芒。

這道光芒是月光嗎？又或者是……

蘿絲還沒來得及導出答案，闇影的演奏便結束了。

一直享受迴響在教堂裡的餘韻到最後的蘿絲，舉起手為他送上掌聲。

單一的掌聲在教堂裡迴盪。

「闇影，你……」

想當然耳，闇影也聽到了掌聲。他起身優雅地朝蘿絲一鞠躬。

這麼開口後，蘿絲才發現自己想不到接下來能說的話。不過，她總覺得要是不說些什麼，闇影會就此離去。

「在我至今聽過的《月光》之中，你的演奏無疑是最棒的。呃……」

我在說什麼呢——蘿絲不禁這樣自問。

還有其他更應該詢問闇影的事情才對。

「妳欲為之事為何……」

闇影以彷彿來自深淵的低沉嗓音問道。

「咦……？」

思考片刻後，蘿絲明白了。闇影是在問她為什麼要引發這次的事件。

「我……」

蘿絲低垂著頭，努力擠出自己的答案。

「我想要守護大家……我想掌握住最理想的未來……可是，我卻沒能做到……！」

「所以，就這樣結束了嗎……」

「咦……？」

「妳的戰鬥就這樣結束了嗎……？」

「我也……不想在這種情況下結束呀……！」

蘿絲緊緊握拳。

她很想做點什麼。至今也仍這麼想。然而，她已經做不到任何事情了。

「倘若妳仍有繼續戰鬥的意志……我就賜予妳吧。」

說著，闇影將藍紫色的魔力聚集在他的掌心。

「將這股力量……」

「力量……？」

藍紫色的魔力光芒逐漸增強，將教堂染上一整片美麗的色彩。高濃度的魔力撼動了周遭的空氣。

「擁有那股力量的話，我就能改變未來了嗎……？」

「端看妳自己了。」

蘿絲發現自己已經完全醉心於眼前這股藍紫色魔力。如果自己也能像闇影那般強大的話——想必一切都會變得不一樣。

如果擁有力量……她就有可以做到的事情。身為奧里亞納王國公主的應為之事。

蘿絲的眼底再次浮現生氣。

「我想要……我渴望力量……！」

「很好……」

藍紫色的魔力從闇影的掌中迸出。

魔力筆直地竄進蘿絲胸口，在她的體內擴散開來。

這股溫暖的力量，讓蘿絲原本紊亂的魔力鎮靜、收束下來。感覺稍嫌沉重，也無法隨心所欲地操作的魔力，現在輕快而自由地動了起來。

「好厲害……」

蘿絲打從心底這麼想。

這就是闇影的魔力……

這就是闇影雙眼所見的世界……

「持續反抗吧……讓我看看妳是否擁有……與吾等共同奮戰的資格。」

回過神來的時候，蘿絲才發現闇影已經完全消失了蹤影。

只剩嗓音迴盪在這座教堂裡。

「別忘了……所謂的強大無關力量，而是在於存在方式……」

下一刻，闇影的氣息消失。

留下蘿絲獨自一人佇立在教堂裡。

追兵的腳步聲傳來。可以感受到周遭的空氣跟著震動。

蘿絲未曾擁有過的強大魔力，此刻在她的體內奔騰打轉。

她原本覺得就算被逮捕也無所謂了。不過，只要擁有這股力量……她就還有能為之事。

蘿絲拔出細劍，直直望向被打壞的那扇大門。

下個瞬間，黑衣人集團從大門另一頭現身，接著……是鮮血四濺的光景。

他們甚至還來不及察覺到蘿絲揮舞的細劍，便被俐落砍殺。

讓教堂被血染紅的蘿絲收劍入鞘，然後閉上眼。

闇影想必也是像這樣跟教團奮戰至今吧。在背地裡、在無人知曉的情況下持續戰鬥。

闇影彈奏的《月光》再次於蘿絲腦中浮現。

她覺得自己好像明白打進深邃黑暗中的那道光芒，究竟代表了什麼。

那道光或許就是闇影自己。

他不是黑暗，而是挺身與黑暗相對的一道光。

蘿絲這麼想著。

「像這樣拉著一條繩子，想往回走時就不會迷路了。」
說著，亞蕾克西雅在地下迷宮繼續前進。
「真的能這麼順利就好了。」
走在後方的貝塔邊打呵欠邊回應。
「等等，妳剛才是不是打了呵欠？」
「怎麼會呢。我們已經下來走了大半天的時間，要不要回去了？蘿絲大人一定不在這座地下迷宮裡。」
「是嗎……那個情報來源的可信度應該不低啊……」
「我們回去再重新調查一次吧。」
兩人的腳步聲迴盪在被魔法提燈照亮的地下道裡。
單調的地下道景色仍持續著。
這時，貝塔突然感受到一股巨大魔力，於是停下腳步。
晚了半拍後，亞蕾克西雅也止步轉身。
「剛才那是……有人使用了魔力。而且還是相當龐大的魔力……」
「說不定是蘿絲大人呢。」
「等等，妳是不是比我還早發現？」
「只是湊巧罷了。我只懂得用魔力來防身而已呢。」
「算了。總之，我們加快腳步吧。」

兩人奔跑著趕往這股魔力的發源處。
穿越被破壞的一扇大門後，她們抵達了一座古老的教堂。
「蘿絲學姊……」
閉上雙眼的蘿絲就佇立在那裡。
已經斷氣的幾名黑衣男子倒在她的腳邊。感受到蘿絲和以往不太一樣的氛圍，亞蕾克西雅停下了腳步。
「是亞蕾克西雅學妹嗎……」
蘿絲緩緩睜開雙眼。
「妳的這股魔力到底是……」
「我得到了力量……我會往自己相信的方向前進。」
說著，蘿絲從亞蕾克西雅身旁走過。
「請……請等一下！這是怎麼一回事？妳為什麼要刺傷自己的未婚夫？」
聽到亞蕾克西雅的吶喊，蘿絲轉過頭來。
「亞蕾克西雅學妹……對不起，我不想把妳捲入這件事。」
她凝視著亞蕾克西雅的眼神，像是在眺望某種炫目的存在。
「請妳告訴我理由！不然我什麼都不明白呀！」
「告訴妳的話，就會讓妳被捲入。」
亞蕾克西雅怒目望向蘿絲的雙眼。

「在聖域那時……我們什麼都做不到。連誰是正確的、誰是錯誤的都搞不清楚，只是剛好待在那裡的旁觀者。再這樣下去，我總覺得有朝一日，我們會在一無所知的情況下，被別人奪走自己最珍貴的東西……所以，我們才一起商量過吧？說要三個人合力守護自己最珍貴的東西。」

確實將亞蕾克西雅這番話聽進耳裡的蘿絲，露出像是看著遠處的眼神。

「我想要相信那天的約定。可是，妳為什麼要用這樣的眼神看著我呢？妳也認為我不過是個旁觀者而已嗎？」

「對不起……」

「請妳回答我的問題！」

蘿絲的臉上浮現極為悲痛的笑容。

「我再也無法回頭了。所以……我很羨慕妳呢。」

「我不明白。一無所知的旁觀者讓妳很羨慕嗎？」

「我不是這個意思。我已經失去了很多東西，接下來也一定會繼續失去更多。大家想必都會否定我、批評我是邪惡的一方吧。」

「妳打算做什麼呀……」

「對不起……我該走了。」

看著蘿絲再次邁開步伐，亞蕾克西雅以咂嘴聲阻止了她。

「給我站住。」

說著，亞蕾克西雅抽出腰間的劍。

「夠了，我決定用武力問出答案。我可不是一名旁觀者。」

蘿絲也舉起手中的細劍。

亞蕾克西雅與蘿絲對望。前者的緋紅眸子裡滿是怒意，後者的蜂蜜金色眸子裡則是充斥著深沉的哀愁。

蘿絲的細劍晃動了。

下個瞬間，兩人同時動作。

在同時做出反應、揮劍的速度相等、技巧也是伯仲之間。

蘿絲一瞬間露出錯愕的表情。身為學園最強魔劍士的她，跟亞蕾克西雅之間的劍技應該有著明確的差距才對。至少，在她剛入學時，這樣的差距是存在的。

然而，在這段短短的期間內，亞蕾克西雅的劍技卻出現了令人難以置信的成長。而且，她的劍法和那個男人極為相似。

沒錯，亞蕾克西雅的劍法……就是闇影的劍法。

兩人的劍在瞬間交鋒。

炸裂的魔力染上了整座教堂。

儘管能力幾乎平分秋色，但結果卻顯而易見。

將亞蕾克西雅的劍打飛之後，蘿絲以細劍的劍柄朝她的下顎一擊。

亞蕾克西雅無力地跪坐倒下。

造成這種結果的，純粹是兩人之間的魔力差異。

倘若亞蕾克西雅也擁有和蘿絲同等的魔力……結局就很難說了。

「對不起。」

最後一次向亞蕾克西雅道歉後，蘿絲準備離去。

直到這時，她才發現夏目也在場。

不可思議的是，她方才完全沒有意識到夏目的存在。

「夏目老師……對不起，我該走了。」

「我不會攔妳的。我沒有資格這麼做。」

夏目以無法讓人判讀情緒起伏的表情這麼回答。

在蘿絲的印象中，夏目的表情總是十分柔和。

「不過……我有些意外呢。雖然是個傻瓜，但原來也有用傻瓜的方式在動腦呀。我們無論所屬的國家、組織或個性都不同，甚至可能連信念也相異。但是目標是一致的。或許，這樣的組合其實也不算太壞呢……」

「夏目老師……？」

「祝妳武運昌隆。我們的前行之路，總有一天會再次交會……在那天到來之前，我就再當保母一陣子吧。」

說著，夏目跪在地上照顧戰敗的亞蕾克西雅。

「夏目老師，妳……？」

「好了，請妳快走吧。她現在只是暈過去而已，馬上就會清醒過來喲。」

夏目露出有些淘氣的微笑。
蘿絲有很多事情想問她。
不過，她明白自己和對方都不會再透露更多了。
「那麼，我告辭了……」
蘿絲轉身消失在黑暗中。
讓亞蕾克西雅枕在自己的腿上後，夏目嘆了一口氣。
「這就是闇影大人做出來的選擇嗎……？」
彩繪玻璃上描繪的三名英雄，以及魔人悽慘敗北的身影，現在看來彷彿在暗示些什麼。

七章

我想展露自己實力的一部分！

The Eminence in Shadow
Volume Two
Chapter Seven

讓某種情感長時間維持下去，是相當困難的事情。

即使因失去了珍貴的寶物而悲痛不已，過了十年之後，這樣的情感並不會和當初完全一樣。人的情感是會逐漸淡化的東西。

正面的情感也一樣。開心和喜悅的感受，並無法維持十年而完全不衰退。就算這種感情是憤怒，也會隨著時間經過而消退。

也就是說——

跟情緒起伏較大的人發生衝突時，基本上時間都會解決一切。所以面對這種情況，我主張擱置不管。

「在宿舍外面等你的時候，你知道我在想什麼嗎？」

「不知道。」

面對大剌剌闖入我的房間的克萊兒姊姊，我老實地回答了她的問題。

原來一天還不夠嗎？

看來，姊姊或許需要更長的時間冷靜。

「我在腦中把你痛扁一頓喔。反覆痛扁了好幾次。可是，每多等一秒，我的怒氣仍加倍升高。」

「原來如此。」

也有會隨著時間經過而不斷膨脹的怒氣嗎？我上了一課。不過，人總有一天會死。無論姊姊現在多麼生氣，她都無法將這樣的情感帶進墳墓裡。也就是說，最終還是時間會解決一切。

「你一定在想這種事怎麼樣都沒差對吧？」

「不，我完全沒這麼想。」

被姊姊騎在身上又掐住脖子的我，只能望向宿舍的天花板。

姊姊的鮮紅眸子和漆黑長髮在視野一角不斷晃動。

「就來試試看人類可以停止呼吸多久好了。」

「人類被勒住脖子的時候，會因為頸動脈的血流被截斷而昏過去，跟呼吸沒有關係喔。」

「噢，這樣呀。但也無所謂啦。」

她對掐著我脖子的雙手使力。

對了，就這樣暈過去，然後好好睡一覺吧。

「你打算乾脆被我掐到暈過去，然後睡覺對吧？」

「我……我怎麼可能這麼想呢。」

「我看你的表情就知道了。」

「是妳多心了啦。」

「下次要是再不遵守約定，我絕對不會放過你。明白了嗎？」

「我會努力當個遵守約定的人啦，所以，可以從我身上下來了嗎？」
雖然雙手已經離開我的頸部，但姊姊仍然騎在我身上。
「聽說狗要讓同類明白自己的地位比較高的時候，會騎在對方身上喔。」
「原來如此。沒問題的，我已經理解了。」
「不行。我不滿意你的態度。」
說著，姊姊將一張紙片扔到我的臉上。
「這是……？」
看上去是一張門票。
「那是『武心祭』的貴賓席門票。一般人可是拿不到的喲。」
「哦～」
「那張票給你，你就透過觀戰好好學習吧。我覺得你的未來很有可看性呢。」
「是這樣嗎？」
「因為這樣，我才會陪你練劍。只要你認真鑽研劍術，一定能祭出不錯的成果。不對，應該說你絕對要這麼做才行。」
「唔～我沒辦法啦。」
「不會沒辦法。聽好嘍，你絕對要來觀戰喔。」
「我知道了。」
「很好。」

至此，仍帶著一臉不悅表情的姊姊，終於從我身上離開。
「對了，姊姊，我記得妳今年不會參賽？」
「啥？」
姊姊以相當駭人的眼神望向我。
「我這次會代替蘿絲公主擔任學園代表喔。你該不會不知道我要參加吧？」
「我……我當然知道啊，只是想再次確——咕噫！」
姊姊以右手一把掐住我的頸子。
接著，她將一張臉徹底靠過來，同時又以雙眼惡狠狠地瞪著我。就像小混混在勒索時常用的那招。
「順便問一下，你記得我的生日嗎？」
「當……當然。」
「這是一定要的嘛。那麼，你有把我的大會戰績背下來嗎？」
「當……當然有嘍。」
「我首次奪得冠軍的日期呢？」
「我……我記得。」
「很好。在這個世上，有些東西是絕對不能忘記的。如果想活久一點……就別忘記喔。」
我點了好幾下頭。
伸手拍了拍我的臉頰後，姊姊準備離開。

「我今年絕對會拿下冠軍，所以你絕對要來觀戰喔。」

「好的。」

直到最後都以凶狠眼神瞪著我的姊姊，就這樣步出我的房間。

「唉～累死我了。」

明天，複賽終於要開打了。

「來進行一下情境模擬吧。」

說著，我閉上雙眼。

週末過後，「武心祭」的複賽正式開始。

姊姊似乎已經提早入場了。我拿著她給我的門票，在觀眾席上尋找自己的座位。

有著豪華金箔妝點的這張門票，看起來就是貴賓席的票券。我依照背面的位置說明前進後，抵達了有著華麗大門的某個包廂外頭。不同於一般觀眾席，只有這裡的座位神祕地被區隔開來。

不會是在這裡吧——我這麼想著，向站在大門旁的工作人員確認後，得知我的座位確實是在這個包廂裡頭。

工作人員以恭迎貴賓的態度領著我進入室內。不過，踏進包廂裡的瞬間，我就想轉身離開了。

這裡不是什麼貴賓席，而是超級特等貴賓席。

裡頭坐滿了看起來很眼熟的上流貴族和他們的家人。學園裡的高階人物幾乎都在這裡。在王都武心流的課程中，被分到第一組的現任魔劍騎士團團長的千金，還有公爵家的帥氣次男。全都是我看過的熟面孔。

在工作人員指引下就座後，我發現坐在自己身旁的是王族成員。

「哎呀，你是？」

有著如烈焰般鮮紅的髮色和雙眸的美女。她是亞蕾克西雅的姊姊愛麗絲・米德加公主。

「我叫做席德・卡蓋諾。我似乎弄錯座位了，不好意思，就此失陪。」

我嘗試以一個華麗的轉身離開。

「哎呀，你是克萊兒的弟弟？那麼，就是克萊兒把票轉讓給你了吧。」

「……您認識家姊嗎？」

我的退場行動以失敗告終。既然被王族主動搭話，就不能無視對方。但亞蕾克西雅除外。

「是的。在胞妹遭到綁架的那起事件後，我們變得熟稔起來。克萊兒也計劃在畢業後加入『緋紅騎士團』呢。你請坐吧。」

「不，我……」

「你沒有弄錯座位喲。請坐吧。」

「……失禮了。」

看著愛麗絲公主善良純粹的笑容，讓我很是煎熬。倘若現在面對的是亞蕾克西雅滿是惡意的笑容，我就能朝她比出中指，然後輕鬆自在地離開了。

「克萊兒很常跟我聊你的事情。感覺你們是感情非常融洽的一對姊弟呢，真令人羨慕。」

「不，應該沒有您說的那麼融洽才是。」

「對了，你好像也跟胞妹亞蕾克西雅處得不錯是嗎，席德？」

「呃，該說處得不錯嗎……我們其實只是丟金幣跟撿金幣的關係而已呢。」

「丟金幣跟撿金幣？」

「就像丟樹枝出去，然後叫狗撿回來那樣的玩法。」

「你們還跟小狗一起玩呀。胞妹受你照顧了。」

「與其說跟小狗一起玩，應該說我就是小……沒事。不過，因為那些金幣源自王室，從這方面來看的話，是我受到她的照顧才對呢。」

聽到我說的這些話，愛麗絲公主露出打從內心感到開心的微笑。

「看來，胞妹跟你感情似乎真的很好呢。」

「不不不，完全沒有這回事。」

「其實，亞蕾克西雅今天原本也會來觀戰，但她卻突然說不想來了……」

「哈哈，這樣啊。」

「對不起喲。」

「不會不會不會，請您無須在意，真的。」

就這樣，我一邊啜飲免費招待的飲料，一邊跟愛麗絲公主小聊了一下。

「愛麗絲大人，您今年關注的選手是誰呢？」
現任魔劍騎士團團長的女兒加入我們的對話。
「我也想知道。」
公爵家的帥哥次男也跟上。
他們似乎是因為王都武心流的淵源，而和愛麗絲公主相識。
「有打進複賽的選手我都很關注，但如果要從中選一的話……」
愛麗絲公主以手托腮，思考接下來的發言，
「應該是前『貝卡達七武劍』的安妮蘿潔小姐吧。這次參加『武心祭』複賽的選手都是些熟面孔，只有她是今年首次上場。我也看過她在預賽晉級賽的表現，她的實力確實很不錯。如果能持續戰勝的話，她就會在第二回合跟我對上呢。真令人期待……」
愛麗絲公主的微笑中透露出自信。
「我也看了預賽晉級賽，安妮蘿潔大人真的很強。現在的我感覺完全打不過她……」
「我也看了那場比賽。不過，勝利的一定是愛麗絲大人。在那起事件後，大眾對於王都武心流的批判也跟著變強，倘若愛麗絲大人能在這次的大會中獲得冠軍……」
「等等，把解決這件事的責任推到愛麗絲大人身上，未免也太奇怪了吧？」
「不，我沒有這個意思……」
愛麗絲打斷了這兩人的爭執。
「沒關係，畢竟我本來就打算奪下冠軍。我會背負一切向前行，包括王都武心流和這個國家在內。」

在如此嚴肅的氣氛當中，問這種問題讓人有幾分愧疚。儘管如此，我還是想加入這個話題。

「請問，您還有其他關注的選手嗎……？」

我以很不懂得察言觀色的態度插嘴。

「話說回來，你是誰啊？」

「不，我好像在哪裡見過他……噢，是之前來第一組一起上課的學弟嘛。」

「啊，我想起來了，是亞蕾克西雅大人的……」

「他是席德．卡蓋諾。是克萊兒的弟弟。」

聽到愛麗絲公主的說明，這兩人以恍然大悟的表情點點頭。

「跟克萊兒不同，你沒有劍術天分呢。但也別放棄，要好好鍛鍊喔。」

「印象中，你的劍技很平凡呢。光是好高騖遠沒有意義，要先確實把基本功練好才行。」

「謝謝指教。那麼，愛麗絲大人有其他關注的選手嗎？」

「這個嘛……」

「例……例如在第一回合跟安妮蘿潔大人對上的吉米那選手？他……他……他這次也是第一次參賽呢。」

我盡可能以自然的語氣，試探愛麗絲公主對於吉米那這號人物的反應。

「吉米那……因為我沒看過他的比賽，所以不好說些什麼。」

愛麗絲公主以含糊的說法回應我。

ＯＫ，所以愛麗絲公主還不知道吉米那的存在。很好。

「啊，我有看過那個人的比賽。他使劍的速度很快，但似乎也僅止於此而已。架勢看起來是個外行人，感覺可能是憑運氣一路贏上來的。我認為他絕對會被安妮蘿潔大人打敗。」

「我也看過了，不過……他實在不適合站上複賽的舞台呢。空有架勢，卻沒有實力。」

這兩人則判斷吉米那是個小角色。很好。

感覺跟我的計畫差不多。至此，眾人對於吉米那的評價，幾乎都在我的掌控之中。

一切的準備工作都完成了。

接下來才要正式開始……

「其實，我還有另一名關注的人物。但她並非選手就是了。」

在我問完自己想問的問題，並為此心滿意足的時候，愛麗絲公主再次開口。

「身為第一屆『武心祭』冠軍，同時被尊稱為『武神』的精靈族劍聖，似乎已經來到王都了。」

「精靈族劍聖……難道是！」

「她應該已經有十年以上的時間，不曾在人前露面了呢！」

呃。

「『武神』貝阿朵莉絲大人的動向，是所有複賽參賽者關注的事情。」

那誰啊？

我沒有關注她耶。

在上場時間接近的時候，我以上廁所為由溜出貴賓席包廂，趕往選手休息室。姊姊好像順利打過第一回合戰了。她或許能一路往上打吧。

在我一邊思考這些，一邊在長廊上前進時，有個披著灰色長袍的人從對向和我擦肩而過。

這個瞬間，我停下腳步。

隔了半拍後，對方也停下腳步。

我們幾乎在同一時間轉身面向彼此。

藏在灰色長袍之下的一雙靛青色眸子筆直凝視著我。

「有精靈族的氣味。」

那是個低沉的女性嗓音。

她身上那襲已經褪色的灰色長袍破爛不堪。

我沒有開口，只是等待她繼續往下說。

「你有認識精靈族的人嗎？」

那雙靛青色眸子帶著試探的意味望進我的雙眼。

「我有幾個朋友是精靈族。」

因為沒有什麼好隱瞞的，我老實這麼回答她。

「我在找一名精靈。」
「這樣啊。」
「是個可愛的女孩子。」
「哦～」
「你有見過嗎？」
「就算妳這麼問……」
「她長得跟我很像。」
「這樣啊。」
「是我過世的妹妹的孩子。」
「哦～」
「你有見過外貌與我神似的精靈族人嗎？」
「那個……」
「有嗎？」
「因為妳披著長袍，我看不到妳長什麼樣子耶。」
「對喔。」
女子掀開罩著頭部的長袍，亮出自己的真面目。
我沒有做出任何反應。
我讓自己就算意識到什麼，也不要做出反應。

她的面容和阿爾法十分相似。

「我可能沒有看過呢。」

「真的嗎？」

「嗯。」

下次跟阿爾法見到面的時候，或許向她確認一下這件事比較好。雖然還不到同一個模子刻出來那麼像，但她們相似到就算有血緣關係也很正常。

「是嗎？」

她看似遺憾地垂下雙肩，接著以極其自然的動作拔劍。

不帶殺氣，甚至沒有任何準備動作的必殺一擊。

我以眼角餘光將這一切看進眼底，然後接受。

她一定會在千鈞一髮之際停下動作。我都知道。

最後，她的劍在觸及我的頸子後靜止。

只是接觸到，完全沒有劃開我的皮膚。

在這個絕佳的時間點——

「嗚哇！」

我佯裝出嚇破膽的反應，一屁股癱坐在地。

嗯，這樣應該及格了吧。

「嗯？」

她以略微不解的表情收劍入鞘。
「抱歉，我弄錯了。」
然後朝我一鞠躬。
「我把你想像得太強了。你的名字是？」
她朝我伸出手這麼問。
「我……我叫席德．卡蓋諾……」
我以顫抖的嗓音回應，拉著她的手起身。
「我是貝阿朵莉絲。」
在我站起來之後，貝阿朵莉思仍握著我的手不放。
「請問……？」
「很不錯的手。你會繼續變強。」
語畢，她露出十分動人的微笑。這個微笑也和阿爾法極為相似。
「抱歉，讓你受驚了。」
再次向我道歉後，貝阿朵莉絲便轉身離去。
我眺望著她逐漸遠離的背影——
「……應該挺強的呢。」
這麼輕喃，然後轉身邁開步伐。

愛麗絲在貴賓席上等待比賽開始。

這裡的貴賓席可以將整個會場的景色盡收眼底，還能從專用樓梯直接走到競技場上。

競技場上已經出現了兩名魔劍士的身影。

其中一人是愛麗絲也很關注的安妮蘿潔。她是有著淺藍髮色的一名女劍士。

另一人則是愛麗絲初次目睹的黑髮劍士吉米那．賽涅。

她以犀利的眼神望著場上的這兩人。

「剛好要開打了呢。」

一名男子在愛麗絲的身旁坐下。

那裡是席德的座位。

「這個位子是……」

「怎麼了嗎？」

看到男子的臉，愛麗絲將還沒說完的話嚥下喉頭。她默默在心中向席德賠罪。

「多艾姆大人……」

「日安，愛麗絲大人。」

多艾姆朝愛麗絲露出高雅的微笑，然而，他的眼睛完全沒有在笑。

「能和您並肩觀戰，簡直像是作夢一樣呢。」
「您真愛說笑，多艾姆大人。您不是已經有一位未婚妻了嗎？」
「很不巧的，她跑掉了呢。不過，無須擔心。只是小倆口吵架罷了。」
多艾姆爽朗地笑了幾聲。
年紀已經來到三十歲前後的他，仍保有一張清秀的臉蛋。不過，愛麗絲卻怎麼也無法喜歡多艾姆的笑容。
「奧里亞納國王的身體是否無恙？」
「很遺憾的，他今天也無法前來觀賽呢。不過他表示明天必定會出席。」
多艾姆流暢地回答了愛麗絲的提問。
「米德加王明天剛好也會出席。」
「那還真是巧呢。」
愛麗絲試圖從多艾姆的眼中看出端倪，但還是沒能從他不帶一點笑意的眸子裡得到任何線索。
「她就是傳聞中的安妮蘿潔嗎？」
多艾姆望向會場開口。
「是的。」
「她可是現在呼聲最高的劍士啊。聽說她離開貝卡達王國踏上修行的旅途，我真想將她招攬至我國呢。」

「說得也是。像她這樣能力高強的劍士，米德加王國自然也是求才若渴。」
「哈哈。米德加王國不是已經坐擁眾多優秀的魔劍士了嗎？相較之下，我國就……」
「我們便是為此而締結同盟。」
「不過，總是單方面仰賴米德加王國，也讓我們過意不去啊。」
「這樣呀……」
真累人。愛麗絲在內心默默嘆了口氣。
感覺好像在跟傀儡人偶說話一樣。
「您覺得她的對手吉米那如何？」
「這是我第一次觀看他出賽。他的傳聞多半都不是正面的東西，看起來也不怎麼強。」
「那麼，可以斷言安妮蘿潔會取勝了吧。」
「不……吉米那給人的感覺有些詭異。」
愛麗絲以含糊的語氣這麼表示。
「您說詭異？」
「是的。他看起來完全不像個強者，但卻擁有弱者身上看不到的特徵。」
「哦……那個特徵是？」
「絕對的自信。在我看來……他似乎已經確定自己會贏得勝利。」
「唔……但也有可能是單純的自負過頭？」
「或許吧。不過，他的雙眼沒有透露出一絲迷惘。他的勝算屹立不搖……至少吉米那本人是這麼想的。」

「原來如此，至少吉米那本人這麼想……是嗎？那麼，您看得見他的勝算嗎，愛麗絲大人？」

「不。多艾姆大人呢？」

「我嗎？我對劍術一竅不通呢。」

「是嗎？」

愛麗絲朝裝傻的多艾姆的手瞄了一眼。那是鍛鍊過的結實雙手。

多艾姆苦笑。

「不愧是愛麗絲大人，瞞不過您呢。請您見諒。畢竟在奧里亞納王國，劍術是一門遭到鄙視的學問呢。老實說，我的劍術還算可以。」

「還算可以……是嗎？」

「是的，還算可以。」

多艾姆再次露出只有眼睛沒有在笑的笑容。

「好啦，關於吉米那絕對的自信……我們就來見證一下有多厲害吧。」

說著，他望向會場。

「安妮蘿潔對吉米那！」

裁判高呼雙方的名字。

「比賽開始！」

對決揭開序幕。

在裁判宣布比賽開始的瞬間，安妮蘿潔一口氣逼近吉米那。

她已經看穿了吉米那的實力。沒錯。他強大的祕密，在於壓倒性敏捷的動作。

他以連身為前「貝卡達七武劍」的安妮蘿潔都追不上的驚人速度，迅速制服對手。這就是吉米那強大的地方，也是他的作戰方式。

不過，不同於這般驚人的速度，吉米那本身的劍技卻差強人意。而安妮蘿潔也已經看穿了這一點。

至此，吉米那幾乎都是在完全沒跟對手交劍的情況下贏得勝利。

這是為什麼？

因為吉米那的對手完全跟不上他的速度。這想必是原因之一。

然而，吉米那擺出的架勢卻和外行人沒兩樣。從他舉劍的模樣來看，很難想像那是好好學習過劍術的人。

倘若是吉米那本人不願意與人正面交鋒？

如果是因為他害怕自己拙稚的劍技曝光？

也就是說，吉米那是為了掩飾自己的三流劍技，才會設法在不曾交劍的狀況下取勝。

這樣的話，只要不被他的速度唬住，就可以打贏吉米那。這是安妮蘿潔導出的結論。
要說唯一令人不放心的……就是吉米那之前褪下的那些沉重枷鎖。
若是擺脫束縛的吉米那，能夠施展出連安妮蘿潔來不及反應的超高速度行動……她就有可能嚐到敗北的滋味。
不過，在比賽開始的同時，安妮蘿潔便粉碎了這微不足道的擔憂。
面對以速度取勝的對手，只要封住他雙腳的動作即可。
這樣一來，敗北的因素便不復存在。
「哈啊啊啊啊啊啊啊啊！」
在一瞬間衝向吉米那的安妮蘿潔，伴隨著一陣長嘯揮劍。
這是完全出人意表的一記攻擊。
但吉米那擋下了安妮蘿潔這一劍。
他的動作果然很快。
在一般人甚至來不及防禦的時間點使出的斬擊，吉米那卻能成功防禦。
不過，為了擋下這一劍。他的雙腳完全停了下來。
這才是安妮蘿潔真正的目的。
「疾————！」
安妮蘿潔的劍再次襲向停下腳步的吉米那。
這次吉米那也擋下了，然而，面對安妮蘿潔以怒濤之勢連番發動的攻擊，他無法好好運用自己的敏捷速度。

三下、四下、五下。連續擋下安妮蘿潔的斬擊後，吉米那的身子開始重心不穩。

我贏了！

這麼判斷的安妮蘿潔，將劍尖刺向吉米那的胸口。

她的劍……理應刺中了吉米那才對。

「咦……？」

但安妮蘿潔卻感受不到從劍柄傳來的手感。

不僅如此，吉米那的身影甚至還從她的視野中消失了。

「……那是殘像。」

他的嗓音從背後傳來。

安妮蘿潔的雙肩也跟著一震。

冷靜點。

她刻意以緩慢的速度轉身。

她有點慌張。別讓對方察覺到自己慌亂的反應——安妮蘿潔一邊轉身，一邊這麼告誡自己。

「你的動作比我想得還快呢……」

安妮蘿潔的嗓音聽起來一如往常。至少她自己這麼覺得。

看著再次出現在視野中的吉米那，她開始思考。

該怎麼應戰？

他的速度遠遠勝過安妮蘿潔的反應時間。
想翻轉這樣的速度優劣，該怎麼做才好？
動腦。
快動腦……！
快動腦啊…………！
「咦……？」
回過神來的時候，吉米那的身影消失了。
安妮蘿潔在思考前採取行動。
這時，她能察覺到些微的空氣流動，並及時做出反應，並不是基於自身老道的技術或經驗，單純只是因為運氣好。
喀鏘！
安妮蘿潔被一股威力驚人的衝擊打飛。
幾乎因此昏厥的她，死命保住微弱的意識，緊握險些掉落地面的劍起身。
「咕……！」
痛苦的呻吟從齒縫洩漏出來。
吉米那站在她的視線前方，握著劍的那隻手懶洋洋地垂著。
他沒有擺出備戰架勢，也沒有乘勝追擊。
但安妮蘿潔並不覺得這是傲慢的表現。

因為吉米那確實擁有能這麼做的實力。
「我就承認吧，你真的很強。」
調整過自己紊亂的呼吸後，安妮蘿潔也做好了覺悟。
吉米那純粹是速度很快。壓倒性的快。
安妮蘿潔並不認為這有什麼不合理。這確實是一種強項。
不過，她也不認為自己打不贏吉米那。
她的勝算很低，但還不至於是零。
倘若對方純粹是以速度取勝……那麼，她只要配合這一點就好了。
反擊。
吉米那發動攻擊的瞬間，正是讓她在這場對決中獲勝的最後一個機會。
問題在於，她究竟能否對吉米那的動作及時做出反應。
剛才能夠擋下那一擊，除了幸運以外，沒有其他原因。
同樣的反應，安妮蘿潔不認為自己還能夠做出第二次。
既然這樣，就不要仰賴運氣，以實力取勝吧。
要是來不及反應，就憑藉經驗行動。
如果單憑經驗仍不夠，那就依靠直覺。
無論手段為何都無所謂。
只要確實掌握吉米那發動攻擊的時間點……再以至今鍛鍊起來的劍技劈砍他即可。

安妮蘿潔靜靜地將注意力提昇到極限，等待關鍵時刻的到來。

而後——

在沒有任何預兆的情況下。

吉米那的身影突然消失。在同一瞬間……不對，在他消失的前一刻，安妮蘿潔便揮下手中的劍。

她的劍刃所及之處尚未出現任何人。

但在下個瞬間——

我贏了！

目睹吉米那現身，安妮蘿潔判斷勝利即將落入自己手中。

她的劍刃從吉米那的動線上劃過。

這樣的速度，他不可能避開。安妮蘿潔這麼想著。

「咦……？」

她茫然凝視著他這一刻的動作舉止。

他停了下來。

彷彿早就決定好要這麼做似的，他在跟安妮蘿潔的攻擊範圍僅有分毫之差的位置上止步。

安妮蘿潔的劍尖掠過他的鼻梁，劃向半空中。

這不是巧合。

而是極度細膩的距離管理。

是極為驚人的洞悉能力。

安妮蘿潔以為是自己配合吉米那的攻擊模式反擊，但實際上卻不是如此，反而是吉米那配合她的攻擊模式行動才對。

「這樣啊……」

在這個瞬間，她明白了。

經過一瞬間的攻防戰，所有揣測都成了確信。

他……吉米那．賽涅……除了速度，劍技同樣遙不可及。

吉米那的劍尖逼近已經無法憑自己的力量起身的安妮蘿潔。

他這次舉劍的動作，是今天交戰以來最慢的一次。

然而……技巧卻已經昇華至宛如藝術的境界。

「啊啊……」

竟如此美麗。

在最後湧現這番感想後，安妮蘿潔便失去意識。

「好強……」

愛麗絲的輕喃傳進了一旁的多艾姆耳中。

在競技場上，戰勝了安妮蘿潔的吉米那正準備離去。

「絕對的自信……愛麗絲大人的直覺很準呢。」

多艾姆按捺著內心的動搖這麼開口。

「我也沒料到他會如此的……像他這樣的魔劍士，至今竟然一直默默無聞，實在是令人難以置信。」

「我也有同感。吉米那．賽涅……我沒聽過這個名字。」

「我也沒見識過那樣的劍技。不但犀利，還有著勝過一切的美。」

「那看起來不是現存的流派呢。」

至今，多艾姆都不曾目睹過那般動人流暢的劍法。愛麗絲恐怕亦是如此吧。未知流派的劍士初次登上舞台嶄露頭角——是這麼一回事嗎？

「我想不是。不過，還是得向他請教過後才能確定。我真的非常吃驚。」

愛麗絲靠上椅背，像是終於放鬆下來那樣吐出一口氣。

貴賓席上的所有觀眾，都為這個出乎意料的比賽結果議論紛紛。注意力已經從安妮蘿潔轉移到吉米那身上的他們，開始討論後者下一戰的對手。

「第二回合戰是愛麗絲大人對吉米那呢。」

「是的。」

愛麗絲微笑著回答。

「您看起來頗有自信呢。」

「我會贏過他。」

「哦……」

「他的劍很快、很犀利，而且比任何事物都要來得美麗。我的劍技完全無法達到他那種境界的美。然而，勝負並非取決於誰的劍技比較美。倘若剛才的他已經使出全力，那樣的力量，是不足以撂倒我的。」

「我也有同感。」

多艾姆點點頭，然後在內心這麼補充——倘若那是吉米那使出全力的表現，愛麗絲就更勝一籌。她的魔力可不是三流劍技能夠擋下來的。

然而，要是吉米那還保留著實力呢？

「我想，他或許隱瞞著什麼。他以虛假的應戰態度、備戰架勢和劍技一路贏到現在。」

「即使明白這些，您仍斷定自己會贏嗎？」

「雖然不知道他隱瞞的是什麼，但我會連這一切一起斬斷。其實我的個性很不服輸喔。」

愛麗絲帶著動人的笑容從座位上起身。那是個相當好戰的笑容。

「原來如此。」

「那麼，我等一下得參賽，所以就先失陪了。」

目送愛麗絲離去後，多艾姆吐出一口氣。

他早在事前調查過可能會妨礙計畫遂行的人物，不過，想當然耳，吉米那的名字並沒有在那串名單上。

倘若吉米那會成為計畫的阻礙，恐怕就得趁早解決他才行，不過……無須急著動手。等到看完他和愛麗絲的對決，再做出判斷即可。

吉米那・賽涅——劍技美麗又成熟的劍士。

像他這般強大的存在，竟然至今都默默無聞。關於這點，多艾姆怎麼想，都覺得事情不單純。

是有什麼理由嗎？

讓吉米那不得不隱藏真正實力的理由。

讓他過去都不曾大展身手的理由。

他有可能隸屬於某個從歷史上被抹煞、一脈相傳的流派……不對，或許是偽造身分前來參賽的無法治都市的居民。

不屬於任何一個國家的無法治都市——慾望與邪惡的魔窟。在無法治都市不斷相互鬥爭的三名支配者及其心腹，目前都無法為教團所滲透。

最有可能離開無法治都市的，就屬「鮮血女王」跟她旗下的成員了吧。從吉米那的實力來看，他至少也是幹部等級的人物。恐怕也有必要清查一下他背後的人脈聯繫……

此外，他也有可能是「闇影庭園」的成員。不過，吉米那是男人。更何況，多艾姆不認為他們有在「武心祭」上引人注目的必要。所以這樣的可能性偏低。

不管怎麼說，吉米那都給人一種深不可測的感覺。

他恐怕跟自己同樣是「裡世界」的一員……

「那傢伙究竟是何方神聖……？」

多艾姆這句呢喃，隨即被會場的喧囂淹沒。

「等等，吉米那！」

清醒過來之後，安妮蘿潔一路衝到走廊上，喚住了準備離開的吉米那。

看到吉米那轉頭，她才停下腳步。

「徹底敗給你了呢。我真的無計可施。」

安妮蘿潔抬起頭仰望吉米那，微笑著這麼對他說。

「我是為了變強，才離開祖國。原本認為自己已經比過去更強了，然而，我似乎是在不知不覺中過於自負了呢。」

說著，她伸出一隻手。

吉米那低頭望向她的手，接著也緩緩伸出自己的手。

「跟你的這一戰，讓我獲益良多。謝謝你。」

「這是老子首次卸下枷鎖應戰，所以，妳無須為了敗戰而自卑。」

「……聽到你這麼說，讓人很開心呢。」

安妮蘿潔微笑。兩人友好地握了握手。

「吉米那，你到底是什麼人？又是如何變得這麼強大？」

吉米那露出有些落寞的微笑，接著別過臉去。他的雙眼似乎看著遙遠的某處。

「老子是個捨棄了一切……只為了追求強大力量而活的愚蠢之人……」

「吉米那……」

吉米那孤獨的側臉，讓安妮蘿潔有種胸口緊揪的感覺。他想必有著一段讓他不得不這麼做的傷心過往。

「如果……如果你願意的話，要不要為貝卡達帝國效力呢？我會幫忙安排一個適合你的職位。」

但吉米那搖搖頭。

「……那樣的生活，對老子來說有些過於炫目了。」

語畢，吉米那轉身離開。

「等等！我明天就要再次踏上旅途了！在那之前，如果你又改變心意，就來找我吧！」

吉米那沒有再次停下腳步。

目送著他的背影離開後，安妮蘿潔也轉身踏出步伐。

這是個人上有人、天外有天的世界。能夠和吉米那一戰，就近觀摩他的劍術，對安妮蘿潔而言，是無可取代的貴重經驗。

那簡直就是淬煉至極致、儼然已成藝術的劍技。在安妮蘿潔看來，吉米那的劍法融合了一切的技巧。

他想必會在這次的「武心祭」奪得冠軍，在未來揚名全世界。

他想必會更進一步登峰造極吧。

現在的安妮蘿潔，只能抬頭仰望位居高處的他。不過，她還會變得更強。吉米那的劍，已經為她指出自己的前行之路。

總有一天，變強的安妮蘿潔會跟吉米那重逢。

直到那一天為止，都要繼續戰鬥下去——她這麼暗自發誓。

哎呀～真不錯。

非～常不錯呢。

畢竟我很注重如何讓自己的劍技美到令人心神嚮往啊。為了成為「影之強者」，有一段時期，我一股腦兒地追求看起來帥氣又有形的劍法呢。那時鑽研出來的劍技太過優美了，所以跟現在的闇影的劍技有些出入，不過當年的努力能夠開花結果，真是太好了。

託安妮蘿潔的福，我想在「武心祭」達成的目標，大概已經做到七成了吧。接下來只剩該怎麼收尾的問題。但難就難在可以採行的做法太多種了。

簡單一點的話，就是一路戰勝然後拿下冠軍。不過，從對戰表來看，下一場的愛麗絲戰，應該會是最有看頭的一戰。在打倒愛麗絲之後鬧失蹤的做法也不錯。很有神祕強者的感覺嘛。

打倒眾人一致認同的強者，撂下一句「我的目的達成了……」之類的發言，然後就突然消失。

很不錯對吧？

另一方面，如果我在打倒愛麗絲之後失蹤，姊姊或許就能拿下冠軍。

此外，墮落成惡勢力感覺也讓人熱血沸騰。

在愛麗絲戰的途中，唐突地高喊一句「我是來自暗殺組織的刺客……今天將在此地取妳性命！」然後展開完全無視大會規則的激烈生死鬥。而且因為可以以自然的方式退場，這種做法在我心中的分數很高。

啊～可是，以摘下冠軍的方式來結束這場演出，應該才最能讓人有充實感吧。

我還想了很多種令人熱血澎湃的做法，可得好好思考後再下決定。

我一邊思考這些，一邊走回貴賓席包廂，結果看到一個不認識的大叔坐在我的座位上，於是選擇關上大門離開。

反正姊姊的比賽也已經結束了，沒關係吧。

這天，我早早返回宿舍進行了情境模擬。

第八章

我想展露自己真正的實力！

The Eminence in Shadow
Volume Two
Chapter Eight

隔天。

我坐在貴賓席的座位上，啜飲著免費招待的晨間咖啡。在這個世界，咖啡似乎是只有四越商會研發得出來的飲料。真厲害呢。

「好喝。」

順帶一提，我是會加入大量牛奶和砂糖飲用的人。

一開始的時候，我原本還很排斥貴賓席，但在習慣之後，反而覺得挺方便的。只要跟女僕說一聲，她們基本上都能把你想要的東西端過來，而且不會收取任何費用。就趁現在享受一下當貴族名流的感覺吧。

這樣享受了會場的氣氛片刻後，愛麗絲公主出現了。

「早安。」

「您早。」

「是咖啡嗎？最近很流行呢。我很喜歡那香氣，但不太習慣那種苦澀的滋味……」

「您可以嘗試加很多牛奶和砂糖進去，變成咖啡牛奶就好嘍。」

「咖啡牛奶呀……」

聽完我的建議，愛麗絲公主隨即吩咐女僕這麼替她準備。真有行動力呢。

「啊，這樣很好喝……」

「對吧？這是可以把所有咖啡都變成同一種味道的魔法喔。」

就這樣，我又讓女僕替我準備了土司和水煮蛋，享用了一頓時髦的早餐。

要是現在能使用社群軟體的話，拍一張得意洋洋的大頭照上傳，再加註一句「我跟王族在貴賓室吃早餐Now」，就更無懈可擊了。

用完早餐後，其他貴族們也陸陸續續現身就座。

隨後，就是這些貴族的閒聊……或說是社交時間。想當然耳，男爵家出身的我，不可能加入這樣的對話，所以自然被冷落在一旁。沒差啦，我也不打算加入。所以請不要因為顧慮我而頻頻把話題帶到我身上，愛麗絲大人。

在這種幾分尷尬的微妙氣氛之下，我們迎來了複賽第二天的第一回合戰開打的時間。

在貴族們安分地坐回座位上、包廂裡的氣氛也變得比較沉靜時，入口處的大門開啟了。

我轉頭望去，發現一名披著褪色斗蓬的女子走了進來。

雖然依舊看不清那張被斗蓬罩住的臉蛋，但我記得她叫做貝阿朵莉絲。

發現我之後，她朝我輕輕揮手，我也對她點頭微笑。大概就是「啊，又見面了呢」那樣的感覺。

然而，貴賓室裡頭的其他貴族，心胸可沒有這麼寬大。

我彷彿能聽到「這個披著髒兮兮斗蓬的傢伙是誰啊」、「工作人員還不快把她攆出去」之類的內心埋怨。這就是所謂無言的壓力嗎？

「這位貴賓，不好意思……」

就在女僕朝貝阿朵莉絲搭話的時候——

「沒關係。是我邀請這位大人過來的。請您來這裡坐。」

愛麗絲朝貝阿朵莉絲開口。

貝阿朵莉絲在愛麗絲身旁的座位坐下。我跟她分別坐在愛麗絲的左邊和右邊。順帶一提，她的座位原本似乎是亞蕾克西雅的。

「愛麗絲大人，這位是……？」

「她是『武神』貝阿朵莉絲大人。」

愛麗絲的回答讓貴族們一片譁然。

「她就是那位……」

「被喚作『武神』的……」

「傳說的劍聖……」

喔喔，感覺很帥氣耶。我也想聽到別人道出「那傢伙就是傳說的闇影……」這種台詞！

「貝阿朵莉絲大人，您很久不曾像這樣在人前現身了呢。」

「嗯，我在找人。」

聽到貴族的提問，貝阿朵莉絲點點頭回答。

「是跟我長得很相似的姪女。」

說著，她拉下罩著頭部的斗蓬。這次沒有重蹈我那時的覆轍了。

「噢噢，真是美麗……」

「你們對我的長相有印象嗎？我聽說最近，有人在這個國家看過跟我長得很相似的精靈族人。」

「哦，在這個國家嗎……若是真有像您這般美麗的精靈，只要看過一眼，我必定不會忘記呢。」

「你們……有看過嗎？」

「很抱歉……」

貴族們全都搖搖頭。

「是嗎……」

看起來有些失望的貝阿朵莉絲再次披上斗蓬。

「對不起。因為在場的貴族們人脈都很廣，我原本以為在這裡打聽的話，應該能獲得什麼情報。」

愛麗絲向貝阿朵莉絲道歉。

「無妨。我是精靈族，所以時間很充裕。」

「對了，貝阿朵莉絲大人。您有觀看過先前的『武心祭』的比賽嗎？」

「我沒什麼在看。」

「這樣呀。那麼，就您知道的範圍也沒關係，能告訴我您關注的選手是哪一位嗎？」

「關注的選手……嗯～」

貝阿朵莉絲環顧會場，在沉思半晌後——

「席德。」

她指著我這麼回答。

「呃，貝阿朵莉絲大人……？」

「我很關注席德，他一定會變得更強。」

「不，不會的。」

我一秒否定。

來自周遭的視線讓人感覺如坐針氈。

「這名少年會變得更強……？」

「他是我的學弟，但沒什麼劍術天賦……」

「他是克萊兒同學的弟弟，不過，該說他缺乏這方面的素養嗎……」

「既然貝阿朵莉絲大人都這麼說了，想必不會有錯吧。」

待愛麗絲大人這麼開口，現場略為微妙的氣氛總算是收斂了一些。

然而，貴族們望向貝阿朵莉絲的視線，仍帶著幾分猜疑。

這傢伙真的是本尊嗎……？

他們的眼神像是在這麼質疑。

在這群人眼中，貝阿朵莉絲看起來恐怕只像是髒兮兮的遊民吧。

不過，在我眼中，她的舉止和氣質都自然得十分理想。

她沒有刻意妝點自己的容貌、沒有刻意突顯性格，也沒有響亮的頭銜或強大的力量——她沒有這類的任何裝飾，所以無人會察覺到她的實力。

「那麼，倘若您在比賽時發現了什麼值得注意的地方，可以提醒我們嗎？」

「我明白了。」

或許因為當著愛麗絲的面吧，這些貴族仍表現出尊敬貝阿朵莉絲的態度。

在這種微妙的氣氛下，「武心祭」複賽的第二回合戰開始了。

多艾姆踏入貴賓席包廂後，一名披著灰色長袍的人物轉過頭來望向他。

雖然以長袍遮掩著臉，但從體格看來，可以判斷出對方應該是女性。她望向多艾姆，又望向多艾姆身旁的奧里亞納國王。

然後簡短開口。

「好臭。」

「喂，女人，妳太無禮了。」

「抱歉。」

多艾姆按捺住內心的動搖，惡狠狠瞪著灰色長袍的女子。

為了讓奧里亞納國王變成言聽計從的傀儡，他用了依賴性較強的藥草。這種藥草的效果沒話說，但有著會讓中毒者散發出奇特異味的缺點。

不過，多艾姆已經用香水掩蓋國王身上的異味了。照理來說，應該不可能有人察覺到才對。

「多艾姆大人，這位是『武神』貝阿朵莉絲大人。」

「這……」

「武神」貝阿朵莉絲。雖然有聽說她已經造訪王都，但這名女子就是本尊嗎？

看上去實在跟被譽為「武神」的劍豪沾不上邊。

她身披一襲已經褪色的灰色長袍，言行還相當無禮。在剛才那句簡短的道歉後，她已經將注意力拉回會場上了。

看起來並不強，不過……倘若她是實力一如傳聞的本尊，多艾姆就有可能無法看穿她真正的力量。再加上愛麗絲公主也認同了這一點，視她為本尊或許比較妥當。

聽說，「武神」貝阿朵莉絲的樣貌和英雄奧莉薇很相似。只要看到她的長相，多艾姆就能下結論了。然而……

「這還真是……雖說不知者無罪，但請原諒我方才的無禮。」

「無禮的人是我才對。」

在多艾姆和貝阿朵莉絲向彼此道歉後，這個小插曲算是圓滿落幕了。貝阿朵莉絲的那句話，被當成是衝著多艾姆而來的失言。

畢竟多艾姆也想避免國王身上有異味一事鬧大。

話說回來，沒想到貝阿朵莉絲會現身在「武心祭」上。
而且偏偏還是選在今天……
多艾姆不禁輕輕咂嘴。
「米德加王，今日見您氣色甚佳，本人實感欣慰。」
「嗯。」
為了轉換心情，多艾姆向米德加王請安。後者正坐在貴賓室特等席的巨大王座上。
以制式的招呼語互相問候完畢後，奧里亞納國王在米德加王的身旁就坐。多艾姆則是坐在奧里亞納國王旁邊，負責支援他的工作。
現在的奧里亞納國王，基本上還能應付幾種固定的對話模式，但要是超過這樣的範圍，可能就會出現破綻。因此，多艾姆必須從旁誘導對話進行，並不時幫腔或代答。
不過，至此都還一如他的計畫。
多艾姆現階段的目標，是活捉蘿絲。
最後一次見面時，蘿絲已經開始發病了。對教團來說，她的血液想必會成為最理想的研究材料。
為此，多艾姆灑下誘餌。
他威脅蘿絲，倘若她沒有現身在「武心祭」的會場上，他將會教唆奧里亞納國王殺害米德加王。
當然，這只是在嚇唬她罷了。不過，多艾姆覺得就算真的殺了米德加王其實也無妨。

米德加王遭到殺害的話，就會引發兩國之間的戰爭，奧里亞納王國恐怕也會因此滅亡吧。至於米德加王國的下一任王位繼承者，教團也已經著手準備適用的傀儡。只要一切進行得順利，他們就能獲得極大的利益。儘管也有失敗的風險，但仍舊值得一試。

要說令人不安的要素的話，就屬目前也在場的愛麗絲了。她看起來似乎對雙眼無神的奧里亞納國王有所警戒。刺殺米德加王的行動，有可能會被她阻止。

然而，只要在愛麗絲上場比賽的時候殺死國王，就可以輕鬆排除這個不安要素。所以，理應不會有任何問題。

可是，目前現場又多了貝阿朵莉絲這號人物。她的實力八成更勝愛麗絲，想要排除她，絕對是相當艱難的任務。要是她出面阻撓，必定會成為比愛麗絲還要難纏的程咬金。

此外，多艾姆也摸不清神祕男子吉米那真正的目的。他是裡世界的一員，所以必定會基於某種目的行動，但無論怎麼調查他背地裡的組織或人際關係，都查不到半點情報。這傢伙是專家。必須對他保持最高警戒才行。

多艾姆重重嘆了一口氣。

儘管事情一如計畫進行，但不安要素實在太多了。這樣的現況，令他完全無法放心。

但說了這麼多，其實只要蘿絲出現在會場上，就沒有任何問題了。如果她出現，就沒有冒險刺殺米德加王的必要。

蘿絲必定會現身。她不可能捨棄自己的祖國和父王。多艾姆這麼判斷。

不安要素確實很多，但不會有問題的。一切必定都能順利進行下去。

多艾姆試著這麼說服自己，然後專心觀戰。
隨著時間經過，競技場上的克萊兒．卡蓋諾輕鬆贏得了勝利。
「哦……」
克萊兒並不在多艾姆關注的選手裡頭，但她的實力超乎了他的預期。儘管擁有強大的魔力，卻不會被這樣的力量牽著鼻子走。
她現在已經很強了，但仍有能夠變得更強的潛力。
「克萊兒……她的劍技又更上一層樓了呢。」
目睹克萊兒戰勝後，愛麗絲從座位上起身。
「我的比賽要開始了，我先失陪了。」
在其他人紛紛開口為愛麗絲加油打氣後，原本坐在愛麗絲身旁的黑髮少年也跟著起身。
「我去一下廁所。」
要上就去上啊，用不著一一跟我們報告——在場的所有人都這麼想。不對，唯獨貝阿朵莉絲的雙眼，一直注視著準備離去的席德的背影。
他是名為席德的一名平凡少年。儘管很在意他為什麼能坐在愛麗絲公主旁邊，但除此之外，席德並沒有什麼特別值得留意之處。多艾姆隨即遺忘了這名少年的存在，將注意力轉移至下一場比賽上。
對多艾姆來說，愛麗絲和吉米那的對決，有著極為重大的意義。
多艾姆必須在這場比賽中，掌握身為裡世界一員的吉米那的實力，以及他真正的目的。同時，這也是愛麗絲離席的好機會。

待這兩人離開包廂經過片刻後……愛麗絲和吉米那的身影出現在競技場上。

愛麗絲踏上競技場時，迎接她的是如雷的歡呼聲。

這樣的超高人氣，足以證明她便是這場大會的主角。

愛麗絲筆直望向站在自己正前方的吉米那，讓自己的心情平靜下來。

吉米那．賽涅。他無疑是一名強敵。像這樣相對峙的時候，愛麗絲並無法感受到他的強大，然而，吉米那仍舊有種深不可測的氣質。跟外表給人的印象完全不相符的實力。感覺像是不協調音、足以讓人迷失真相的青年

不過，愛麗絲並不覺得自己打不贏他，更何況，她非贏不可。

愛麗絲堅信，在「武心祭」中獲勝，便是自身的使命。

她沒有政治方面的才能，這點愛麗絲自己也承認。她所能做的，就是成為米德加王國強大的象徵。

只要有愛麗絲．米德加在，米德加王國便能永世安泰——讓全國上下這麼想，即是她的使命。

就算這樣的形象是被眾人拱出來的也無妨。只能以力量作為自身武器的愛麗絲，很清楚自己

只是政治遊戲中的一顆棋子。

直到最近為止。

首次企圖以自己的力量站起來的時候，愛麗絲跌了一大跤——這便是她持續被人們吹捧的代價。憂心國家未來的她，儘管成立了「緋紅騎士團」，卻召集不到成員，也湊不到經費，無力改變任何事情。

之後，愛麗絲花了好一段時間慢慢召集人才，但這樣的騎士團仍與她的理想型相差甚遠。

事到如今，才想回頭插手政治的話，最後也只會讓自己淪為只能聽令行事的棋子。既然這樣，只有把政治事務交由其他人處理，她則是以她擅長的方式來壯大騎士團。

愛麗絲明白人民的熱烈支持是她強大的推力。她已經招攬到足以勝任騎士團參謀的人才了，現在，只要在「武心祭」上奪得冠軍，讓人民對她的支持度攀升至最高點，最後一定會有理想的結果在前方等著。

堅信這一點的她舉起劍，靜待比賽開始的那一刻到來。

雖然對吉米那有幾分過意不去，但愛麗絲打算一開始就要使出全力。無論吉米那試圖隱瞞什麼，她都要讓他無暇耍小花招，在一瞬間便讓勝負分曉。

「愛麗絲．米德加對吉米那．賽涅！比賽開始！」

速攻。

在比賽開始的瞬間，愛麗絲朝吉米那逼近，但隨即停下腳步。
「……咦？」
她的兩片唇瓣之間流瀉出輕柔的驚嘆聲。
不知為何，吉米那的身影比她所想的更加遙遠。
是自己弄錯兩人相隔的距離了嗎？
愛麗絲這麼想，但她並沒有失誤。只是吉米那感覺站在很遙遠的地方而已。
她不明白這種錯覺源自何處。也或許是因為自己太緊張了。
然而，無論原因為何，她都已經一度停下了腳步。
得重新來過。
愛麗絲讓自己轉換心情，然後再次舉劍，做出一個小小的假動作。
確認吉米那的視線被她的假動作帶開之後，愛麗絲揮下手中的劍。
然而——
「……？」
愛麗絲再次停下腳步。
然後像是為了閃避什麼似的將上半身往後仰，接著往後方跳躍。
她看到了朝自己揮來的劍。
愛麗絲看到了吉米那即將砍斷她的脖子的劍。
然而，吉米那根本沒有做出揮劍的動作。

不用說，她的腦袋也和頸部好好地連接在一起。

「為什麼……？」

她忍不住這麼輕喃。

她確實看見了吉米那的劍。

在愛麗絲向吉米那揮劍的瞬間，後者使出他深藏不露的壓倒性威力，同時揮劍砍向她的頸子。

那個瞬間，愛麗絲判斷自己完全中了對方的計。

她已經做好敗北……不，是死亡的覺悟。

然而，吉米那甚至沒有做出舉劍備戰的姿勢，就只是站在那裡而已。彷彿剛才發生的一切，都只是愛麗絲的幻覺。

愛麗絲無法理解發生了什麼事。

她再次舉起劍，在吉米那周圍慢慢繞圈，一雙眼也緊盯著他。

一圈、兩圈、三圈……

兩人一直維持著同樣的距離，但不知為何，愛麗絲仍覺得吉米那站在相當遙遠的地方。

「……妳不攻過來嗎？」

吉米那這麼問。

然而，愛麗絲無法逼近他。
她的本能警告自己，絕不能再靠近這個人一步。
「哈啊啊啊啊啊啊啊！」
愛麗絲像是為了斬斷自身的迷惘而長嘯一聲。
將身子前後晃動了幾下後，她朝吉米那踏出一步。這是愛麗絲能力所及的最快的一步。
然而——吉米那看穿了！
他的視線筆直地捕捉到她的身影。
接著，那道視線像是在暗示什麼似的移動。
「——啊啊啊啊！」
這個瞬間，愛麗絲發自本能地停下腳步。
緊急煞車造成的強大負荷襲向她的肉體，讓膝關節發出令人心驚的聲響。
儘管如此，愛麗絲仍停下腳步，以像是打滾的動作往後方跳躍。
她確實看到了吉米那的劍貫穿自己胸口的瞬間。
「……騙人。」
然而，她的胸前並未出現任何傷口。
吉米那看起來也不曾揮過劍。
「騙人的吧……」
他一如往常地站在她面前，手中那把劍甚至不曾舉起。

「……怎麼啦？」

吉米那開口問道。

某種真面目不明的東西，讓愛麗絲的身體為之一顫。

得做點什麼才行。

焦躁與恐懼交織而成的情緒，從後方推動她行動。

同時，吉米那的視線再次移動。

彷彿正在預測未來那樣，他手中能夠洞察先機的劍尖微微一震。

這個瞬間，愛麗絲看見了自己的手被砍斷的幻覺。

「啊……啊啊……」

這時，她終於明白了一切。

明白吉米那只是做了假動作。

他徹底看透了愛麗絲的行動，並以視線和劍尖的細微動作來給她忠告。

再不停下腳步，我就砍了妳——這是他的忠告。

光是這樣的細微暗示，便足以讓愛麗絲產生他揮劍的錯覺。

自己彷彿真的被吉米那砍殺的錯覺。

「高手的『虛』足以讓人產生那即為『實』的錯覺」——劍術師父過去告訴愛麗絲的那句話，此刻在她的腦中復甦。一如師父所言，當時仍年幼的愛麗絲，完全被師父的假動作玩弄於股掌之間。

然而，吉米那現在的表現，卻是遠超過那名師父的、徹頭徹尾的「實」。

這種事真的有人能夠做到嗎——？

愛麗絲並沒有自詡為世上最強的存在。她很明白人外有人的道理。不過，即使從客觀角度來看，她也是位居全世界最高層級的魔劍士。本應如此才對。

倘若有人能夠只憑假動作，便將這樣的她玩弄於股掌之間的話。

吉米那的實力——無疑是全世界最強。

而且還是無人能及、獨一無二的強。

這種事情有可能嗎？

怎麼可能呢。

愛麗絲這麼說服自己。

別被他給迷惑了。

他一次都不曾揮下手中的劍。別以個人臆測妄下結論。

「……不准停下來。」

愛麗絲像是在告誡自己的本能似的低喃。

做出絕不會再次停下腳步的覺悟後，她朝吉米那逼進一步。

一陣劈開空氣的聲音傳來。

下個瞬間——

驚人的衝擊席向愛麗絲全身。

有那麼短短幾秒，她完全失去了意識。回過神來的時候，愛麗絲發現眼前是一整片的天空。
她整個人仰躺在競技場的正中央。
發生什麼事了？
愛麗絲完全沒看到吉米那的劍。在吉米那的視線捕捉到她的身影後，愛麗絲就被一股驚人的衝擊襲擊。
她沒鬆開手中的劍，已經算是奇蹟了。
愛麗絲努力撐起鈍重的身體。
「原來……愛麗絲．米德加也不過這點程度嗎？」
劍尖逼近愛麗絲的眼前。
吉米那以一雙不帶任何感情的眸子，俯瞰著地上的愛麗絲。
兩人之間的距離，靠近得只要伸出手就能觸及彼此，但愛麗絲卻覺得吉米那的身影極為遙遠。
非常、非常遙遠……
啊啊……原來是這麼一回事嗎？
愛麗絲終於明白了。
會覺得他的身影很遙遠，其實根本不是錯覺。
打從一開始，吉米那便站在遙遠無比的高處，俯瞰著這一切發生。無論愛麗絲再怎麼努力伸長手，都無法觸及的遙遠高處……

劍從愛麗絲手中滑落，在落地後發出清脆聲響。
鴉雀無聲的會場裡，只有這陣聲響迴盪著。
那個愛麗絲・米德加，被對手以僅僅一擊打敗了。
這樣的事實，讓所有人都愣在原地無法動彈。
在這片寂靜中。
一陣喀、喀的腳步聲從愛麗絲身後傳來。
會場跟著起了小小的騷動。
喀、喀、喀——前進了一段距離後，腳步停了下來。
所有觀眾的視線，都落在這個腳步聲的主人身上。
就連吉米那都露出了些微吃驚的表情。
「我回來了，父王。」
出現在競技場上的，是奧里亞納王國美麗的公主蘿絲・奧里亞納。
那雙蜂蜜金色的眸子，沒有多看愛麗絲或吉米那一眼，只是筆直注視著貴賓席。

那個愛麗絲・米德加竟然會被人一刀打敗。
目睹這樣的事實，讓多艾姆只能茫然杵在原地。

在裡世界生存的他，多少有聽聞過能力超過愛麗絲・米德加的強者。然而，就算是他所知道的最強的魔劍士，真的有能力一刀讓愛麗絲敗北嗎？

不。

若非乘隙攻擊，或是單純的巧合，無人做得到這種事。

也就是說，這是不能發生的事情。

能夠一刀擊敗愛麗絲的吉米那，現在成了多艾姆所知的魔劍士之中最強大的存在。

這種年輕小伙子竟然……！

被他人從下方超越的瞬間——沒有比這更能打擊多艾姆自尊心的事情了。

多艾姆內心湧現的錯愕，在不知不覺中被熊熊燃燒的嫉妒吞噬。

他的大腦拒絕接受，並否定了吉米那的存在。

愛麗絲會被吉米那一刀擊垮，其中一定存在著什麼巧合。就算不是巧合，所謂的戰鬥，也有適性強弱的問題。或許對吉米那來說，愛麗絲剛好是他能夠輕鬆應付的對手罷了。

此外，愛麗絲方才那些奇特的行動也很令人費解。她數度像是在警戒什麼似的突然停下腳步，又毫無意義地在吉米那身邊繞圈。不是愛麗絲的狀況不好，就是她被吉米那掌握了什麼弱點吧。

可以用來否定吉米那的因素，其實要多少有多少。

然而，儘管如此——

多艾姆的本能仍為吉米那的劍技折服。

他發現吉米那的雙眼所見的世界，恐怕和自己所見的世界不同。

對戰鬥的觀念和思考方式截然不同。就算自己繼續苦練好幾百年，也絕對追不上這名青年的實力。吉米那的劍技就是這麼爐火純青。他彷彿集各種流派的大成於一身的劍技，已經昇華到宛如獨一無二的藝術品那樣的程度。

否定吉米那的實力的同時，多艾姆卻也像個純粹的少年那樣嚮往他的劍。

吉米那的劍技，有著能吸引習武之人的魔性。就像多艾姆年幼時崇拜自己的劍術師父那樣。

他不禁狠狠咬牙。

他不承認。

這名青年還不見得就是世上最強的存在。

多艾姆認識許多實力高強的人物。不過，他至今仍未見識過教團的最高幹部施展出全力。

所以，世上最強的魔劍士並非吉米那。

「貝阿朵莉絲大人，您怎麼看這場比賽？」

多艾姆試著向貝阿朵莉絲尋求否定吉米那的意見。

貝阿朵莉絲以藏在斗篷下的一雙藍色眼睛直直望著吉米那。湧現於那雙眸子之中的……是深深的感嘆。

「……真想和他打一次。」

「啥？」

多艾姆試著深入詢問她這番話的意思時，會場掀起一陣騷動。

他望向會場，發現出現在那裡的人是……

「蘿絲．奧里亞納……」

多艾姆臉上浮現了扭曲的嘲笑。

她來了嗎？

果然是個愚蠢的女人啊。無論是奧里亞納王國，還是國王，都已經病入膏肓了。淪為傀儡的王，早已是一具空殼。也因為這樣，甚至連奧里亞納王國的中樞，都落入多艾姆的掌控。連這點都不懂，還悠悠哉哉地依約前來，這可是身為公主之人不能有的天真。

為了隱藏自己扭曲的笑容，多艾姆掩著嘴，和奧里亞納國王一同上前。

「親愛的蘿絲公主。您終於回來了嗎？」

貴賓室有一座直接通往競技場上的階梯。多艾姆陪同奧里亞納國王步下那座階梯。

「蘿絲，妳回來得好。來，過來這裡吧。」

奧里亞納國王照著多艾姆的指示開口。那是沒有溫度、來自一具空殼的發言。

多艾姆一邊走下階梯，一邊以眼神指示自己的部下，要他們做好隨時能上前俘虜蘿絲的準備。

蘿絲踏上階梯。

「父王，我是來謝罪的。為我至今的所作所為，以及今後的所作所為……我犯了錯，以後想必也會繼續犯更多的錯吧。不過，身為奧里亞納王國的公主，同時也是您的女兒的我……決定往自己相信的那條路前進。」

蘿絲的嗓音在顫抖，雙眼也泛著淚光。

然而，她的眸子裡卻透露出覺悟。

在瞬間察覺到這個事實的多艾姆往後退了一步。

讓國王走前面吧。

用他當擋箭牌的話，這個女人就無法出手了。

只要有傀儡國王在，多艾姆的計畫就能一切順利。

「朕寬恕妳的罪行。」

奧里亞納國王開口。然而，多艾姆並沒有指示他說出這樣的話。

「謝謝您，父王。」

接下來的一切，都在轉瞬之間發生。

蘿絲抽出腰間的劍，目睹這一幕的多艾姆躲到國王身後。

多艾姆的部下們開始行動。

然而，蘿絲的速度實在太快了。

多艾姆錯愕地瞪大雙眼。

「啥！」

捨棄一切的她，以手中的細劍貫穿了奧里亞納國王的心臟。

「身為公主、身為您的女兒……這是我最後的任務。」

國王原本想擁住蘿絲的一雙手，只舉到一半便無力垂下。細長的劍確實刺穿了他的心臟，同時也刺進他身後的多艾姆的腹部。
「謝謝您至今為止的照顧，父王。」
語畢，蘿絲將劍刃抽出。
大量鮮血從國王的心臟噴出，國王癱軟倒地。
淚水從蘿絲的眼眶滑落。
「妳……妳這傢伙喔喔喔喔喔喔喔喔喔喔喔喔喔喔！」
多艾姆怒吼。
他腹部的傷口同樣滲出鮮血，但還不到致命的程度。
他是因為失去傀儡國王而怒不可抑。多艾姆的計畫——在此刻破滅。
「快給我把她抓起來啊啊啊啊啊啊啊啊啊啊啊啊啊啊！」
多艾姆的部下們蜂擁至蘿絲身邊。
蘿絲沒有逃走。
她以細劍的劍尖抵住自己的頸子，帶著笑容筆直望向多艾姆。
難道——
多艾姆的臉色唰地變得慘白。
「住……住手……住手喔喔喔喔喔喔喔喔喔喔喔！」
在蘿絲的劍即將刺進自己的頸部的瞬間——
「——這就是妳的選擇嗎？」

宛如藝術的一道閃光，打飛了蘿絲手中的劍，以及在周遭包圍她的劍。

出現在那裡的，是平凡的青年吉米那。

「你……你是……」

然而，他手中握著的那把武器，卻是宛如夜色那般深沉的漆黑之劍。

神祕強者的真面目究竟是？

Epilogue

終章

在目睹那道美麗的閃光前，蘿絲已經做好了赴死的覺悟。倘若自己被多艾姆抓住，然後遭到教團利用，父親就等於是白死了。她絕對不允許這樣的結局發生。

蘿絲很懼怕死亡。

然而，想突破身處的窘境，就只能這麼做了。生為公主，她也曾活得任性妄為。儘管如此，蘿絲仍認為自己已經盡到了公主的本分。

所以，這是她最後的任務了。

她做好了這樣的覺悟。

「你……你是……」

然而，看到那名青年將一切徹底排除的美麗劍法，年幼時期的回憶瞬間在蘿絲內心浮現。

「偽裝的時間結束了……」

說著，吉米那伸手撕下自己的臉皮。

會場掀起一陣騷動。

撕下臉皮的吉米那，臉上戴著一張似曾相識的面具。

一旁湧出的神祕黑色液體呈螺旋狀捲起，進而包覆住他的身體。

在黑色漩渦消失後，出現在那裡的，是披著一襲漆黑大衣的男子。
「闇影……」
不知誰這麼輕喃。
不過，對蘿絲來說，他不是闇影。
他是讓蘿絲決心踏上劍士這條路、擁有讓她欣羡不已的美麗劍技的人。
「闇影，你難道就是……殺手先生？」
年幼時期的回憶在蘿絲腦中復甦。

在過去的人生當中，蘿絲曾經被綁架過一次。
陪同父親前往米德加王國處理公務時，蘿絲偷偷從下塌的地方溜出來玩耍。跟庶民的孩子們玩到一半時，她的視野突然變得一片漆黑。
下個瞬間，蘿絲便昏了過去。
清醒過來的時候，她發現自己被關在一個昏暗的小屋裡。
她的手腳被粗麻繩綁住，嘴巴也被戴上口枷。
雖然身上沒有外傷，但更甚於此的強大恐懼和不安讓蘿絲不停顫抖。
「我想說那小鬼穿著打扮還挺高級的，沒想到她竟然是奧里亞納王國的公主大人啊！」

隔壁房間傳來盜賊們的交談聲。
他們想必調查過蘿絲身上持有的物品了吧。她的身分曝光了。
「不愧是老大！運氣真好！」
「混蛋，這都是實力啦！」
粗鄙的笑聲迴盪在房裡。
想到自己接下來可能面臨的遭遇，蘿絲不禁感到絕望。盜賊們有兩個選擇——把蘿絲當成人質跟奧里亞納王國談判，或是將蘿絲賣給能夠理解她的價值的人。
他們想必打算選擇後者吧。蘿絲有很高的利用價值，然而，區區盜賊恐怕沒有能徹底利用這種價值的手腕。
盜賊們八成會把蘿絲賣掉，以這種相對安全的做法撈個一筆。而被賣掉的她，將會成為奧里亞納王國的敵對勢力的棋子……
這樣的事實，讓蘿絲畏懼不已。
她扭動身子掙扎，試圖擺脫困住手腳的繩子。
然後以戴上口枷的嘴巴大聲吶喊。
然而，她所做的一切努力，都只是徒勞。
「喔，公主殿下好像醒了呢。」
「喂，你去看看她的情況。」
接著，一陣腳步聲靠近。

蘿絲的吶喊聲轉變成尖叫，斗大的淚珠也不停滾落。
在小屋的門即將被打開的瞬間——
「呀哈～！把錢財統統給我交出來！」
那是個感覺跟這個地方格格不入的孩子的聲音。
「這……這個小鬼是幹嘛的！」
「從哪裡冒出來的啊！給我殺！」
「喝啊喝啊喝啊～！」
一陣陣劃開空氣的聲響傳來。
接著是此起彼落的慘叫聲。
「這……這個小鬼怎麼搞的！好強！」
「怎麼可能！一瞬間幹掉三個人？」
「你們是這把帥氣魔劍的練習台。」
劃破空氣的聲響再次傳來。
濃濃血腥味竄入蘿絲的鼻腔。她戰戰兢兢地從門縫往外看。
映入眼簾的，是一名頭上罩著麻布袋的稚嫩少年，以及慌張逃竄的盜賊們的身影。
「逃跑的人是盜賊！沒有逃跑的人，則是訓練有素的盜賊！」
「噫……噫噫噫！」
「住……住手！」

戴著麻布袋的少年揮下手中的劍。

「——！」

劍刃在空中劃出的美麗軌跡，讓蘿絲看得入神，幾乎忘了自己身陷危機之中。其實，她對劍術的了解並不多。

然而，這名少年的劍技……卻比蘿絲至今目睹過的任何一種藝術品都要來得美麗。

他的劍俐落地砍下盜賊的腦袋，慘叫聲也跟著戛然而止。

蘿絲只能愣愣地注視著那個戴著麻布袋的少年。

「難得我特地出門遠征，結果竟然找上沒有半毛錢的目標啊。嗯？還有人嗎？」

頭戴麻布袋的少年察覺到蘿絲的視線，走過來打開了小屋大門。

屋外的光線照入小屋裡頭，蘿絲和少年四目相接。

「妳是被他們綁來這裡的小孩？真是活受罪呢。」

頭戴麻布袋的少年又揮了一次劍。他的劍技依舊很美，美得足以俘虜蘿絲的雙眼。

「回去的路上多小心嘍，拜拜。」

語畢，頭戴麻布袋的少年便快步離開。

回過神來的時候，蘿絲發現綁著自己手腳的繩子全數被砍斷了。

「等……等等！」

蘿絲絞盡力氣喚住少年。

「嗯？」

戴麻布袋的少年停下腳步轉過頭來。

「你……你到底是誰？」

「我嗎？這個嘛，畢竟我還是修行之身……我只是個剛好路過的帥氣盜賊殺手而已。」

「帥氣的盜賊殺手先生……那個，蘿絲想答謝你的恩情。」

「嗯～這樣的話，如果妳可以不把我的事告訴別人，我會很開心。」

「嗯……嗯，蘿絲明白了。」

「拜託妳嘍。」

這麼說之後，帥氣的盜賊殺手便消失無蹤。

「帥氣的盜賊殺手先生……」

他將陷入絕望的蘿絲拯救出來，改變了她的命運。因為嚮往他的美麗劍技和人格形象，從那天開始，蘿絲便踏上了習劍之路。

那是蘿絲極為珍貴的一段童年回憶。她不曾向任何人提起過，這是只屬於自己一個人的祕密。

然而，在這個瞬間，她首次親口道出了這個祕密。

「闇影……原來你就是帥氣的盜賊殺手先生嗎？」

闇影沒有回答。

但對蘿絲來說，他的沉默便是最好的肯定。

從年幼時期開始，他便持續與惡勢力戰鬥至今。一如拯救蘿絲的那天，他總是在不為人知的地方，為需要幫助的人伸出援手。

闇影的那句話復甦於蘿絲腦中——所謂的強大無關力量，而是在於存在方式……沒錯，闇影的存在方式，正是他強大的理由。

蘿絲為輕易選擇死亡的自己感到羞恥不已。

她理應還能繼續戰鬥才對。但卻因為覺得繼續活下去太痛苦、失敗太令人恐懼，所以企圖結束這一切。

死亡只是一種逃避的方式。

蘿絲還能繼續戰鬥。

因為她一直嚮往著他美麗的劍技——以及崇高的為人。

「妳的戰鬥還沒有結束……」

闇影舉起漆黑的刀刃一刺。

被刀尖刺中的會場牆壁，瞬間裂開一個大洞。

「去吧……」

「是！」

蘿絲拾起自己的細劍，毫不猶豫地衝向那個大洞。她還有未完成的應為之事。

「站……站住！」

「我可不會讓你過去……」

接著，闇影挺身擋在那個洞穴前方。

不知何時，厚重的烏雲遮蔽了太陽，天色陰暗起來。

雷聲從雲層之中傳來。

雨點開始滴滴答答地落下。

「你們還愣著做什麼！快給我追！」

多艾姆的怒吼響徹了這一帶，他原本還在觀察情況的部下們再次開始行動。

部下們將堵在洞穴前方的闇影團團圍住，然後一起朝他撲了上去。

然而，在下個瞬間——

漆黑的一閃劈開了這群人牆。

光是這一劍，便讓多艾姆精挑細選、引以為傲的魔劍士們全數被打飛，然後倒地。

「怎麼會……」

這就是闇影。雖然也聽說過他的傳聞，但光憑一群凡夫，根本碰不到他一根汗毛。

多艾姆按著滲血的腹部往後退。

「快……快來人！快來人啊！沒有能打倒他的人嗎！」

然後放聲大喊。

然而，回應他的卻只有雨點聲。

米德加王國的騎士們只是在一段距離外圍住闇影，完全沒有進一步的行動。

闇影可是擊敗了愛麗絲的人物。現場沒有半個人敢對他的實力掉以輕心。

雨勢變得更大了。不斷落下的雨點，狠狠敲打著會場上的一切。

闇影的黑色大衣被雨水打濕，反射出遠方的閃電光芒。

每當閃電掠過天空，闇影的身影便從黑暗中浮現。

「我來。」

這道人聲傳來的同時，灰色長袍女子躍向空中。

她在半空中褪下長袍，拔出長劍降落在競技場上。

「『武神』貝阿朵莉絲……」

有人這麼輕喃。

在雨中舉劍的她，是有著一頭動人金髮的精靈。

身上只剩胸甲和纏腰布這種單薄打扮的她，一身白皙肌膚被雨水打濕，在閃電照耀下顯得晶瑩透亮。

闇影與貝阿朵莉絲。兩人像是在尋找最佳的攻擊距離那樣靜靜地互相對峙著。

戰鬥在一陣震耳欲聾的雷聲傳來的同時開始。

闇影像是為了配合貝阿朵莉絲的長劍那樣，將手中的漆黑刀刃延長。
接著是一陣黑色閃光。
闇影的漆黑刀刃橫掃。
雨點被應聲劈開。
刀身的軌跡所及之處，一瞬間形成沒有雨點存在的空白。
沒錯，闇影這刀揮空了。
「哦……」
貝阿朵莉絲在一瞬間後退半步，避開了闇影的橫砍。
下一刻，她開始反擊。
宛如長槍那樣銳利的突刺攻擊襲向闇影。
闇影藏在面具後方的那張臉浮現笑容。
他側身躲過這記突刺，並在身子轉回來的瞬間揮刀。
但貝阿朵莉絲收刀的動作也相當俐落。
在收刀的同時，她壓低身子迴避闇影的這一刀。
接著再使出反擊。
兩人的劍不斷劈開無以數計的雨點。
轉瞬之間，兩人的刀刃交鋒了數十次，劈開了落下的無數雨點。
被打碎的雨點化為細小的水珠，沐浴在閃電光芒下，在半空中描繪出美麗的軌跡。

所有人都屏息觀看著兩人的戰鬥。

那看起來宛如一場絕美的舞蹈表演。

俐落到一般人的肉眼完全跟不上的刀劍攻防戰，因為雨點和閃電的光芒，而在空中留下殘像。

動人的劍舞。

所有人都領悟了這兩人位於劍術頂點。

讓人想永遠看下去的這場雙人劍舞，由闇影宣告了終結的時刻。

「這樣的劍無法觸及嗎……」

闇影退至攻擊範圍之外，一雙眼直直望向貝阿朵莉絲。

貝阿朵莉絲也沒有繼續追擊，選擇留在原地調整自己紊亂的呼吸。她豐滿的上圍不停劇烈起伏。

「好厲害……」

貝阿朵莉絲不禁這麼輕聲讚嘆。

她的一雙藍色眸子也直盯著闇影。

兩人就這樣對望了片刻。

「讓妳見識一下我真正的劍技吧。」

說著，闇影將漆黑刀刃縮短成原本的長度。

這才是他慣用的攻擊距離。

「要上嘍。」

出聲告知的同時，他在一瞬間逼近貝阿朵莉絲。

兩人之間的距離輕而易舉被縮短。

「唔！」

接著是一股衝擊。

察覺到闇影逼近的瞬間，貝阿朵莉絲便放棄攻擊，轉而專心防禦。然而，她卻完全看不見闇影的劍。

不只是她，會場裡的所有人都沒能看到。

闇影的這一擊——沒有劈開雨滴。

「——咕！」

被這股力道擊飛的貝阿朵莉絲，在雨中翻滾了好幾圈。

雖然沒看見闇影的刀，但她以直覺擋下了這記攻擊。儘管如此，其實也只是勉強擋下而已。

她狼狽地被這一擊打飛，也沒能做出反擊。

貝阿朵莉絲隨即起身，準備應付闇影接下來的追擊。

一陣雷聲傳來，闇影和閃電的光芒一同消失了蹤影。

下個瞬間，他已經逼近貝阿朵莉絲的跟前。

他揮下那把她看不見的刀。

貝阿朵莉絲將所有的注意力放在闇影的刀上，接著再次被一股衝擊襲擊。

「——！」

她沒能看見。

儘管臉蛋沾上了泥濘，貝阿朵莉絲仍隨即起身，然後往後跳拉開距離。

她能勉強擋下這兩次的攻擊，純粹是因為直覺和幸運。

下一次，就不見得能這麼順利了。

闇影沒有乘勝追擊。

貝阿朵莉絲凝視著闇影在閃電照耀下的身影，然後這麼思考。

為什麼看不到？

不光是因為闇影的動作很快。他的劍技有某種不一樣的地方。

貝阿朵莉絲從自己漫長的戰鬥人生中找到了答案。

闇影的劍技——非常自然。

在戰鬥中和對手交鋒時，迅速俐落的劍法確實是很大的威脅。然而，無論再怎麼快，揮劍都需要準備動作。就算沒有準備動作，她也能以經驗察覺到對方即將發動攻擊的瞬間。只要意識到這一點，就能夠施展出對應的動作。

在戰鬥時，最具威脅性的劍法，總是會從不曾意識到的地方襲來。這樣的劍法不需要追求速度，只要從對方不會意識到的地方施展即可。

闇影的劍技極其自然。

不帶殺意、沒有迷惘或無謂的使力，只是自然而然地揮動。

人們不會去注意流於自然的事物。
一如貝阿朵莉絲不會意識到不斷落下的雨點，她也無法意識到闇影的劍。
「好厲害……」
貝阿朵莉絲發自內心讚嘆闇影這般有深度的劍法。他的技巧已經提昇到無人能及的深淵。
同時，她也對自身的敗北有所覺悟。
「『武神』啊，掙扎給我看看吧……」
闇影舉起漆黑的刀。
貝阿朵莉絲沒有能夠擋下這次攻擊的自信。
然而——
「等等。」
一道凜然的嗓音打斷了兩人的戰鬥。
「請容我加入這場戰鬥。」
開口的人是拔劍出鞘的愛麗絲。
「愛麗絲公主……」
貝阿朵莉絲以欲言又止的表情望向這樣的她。
「我明白自己的力量遠遠不夠……」
愛麗絲像是為了掩飾自己不甘的表情而露出微笑。
「可是，我無法就這樣認輸。眼看『武心祭』被搞得一塌胡塗，我沒辦法什麼都不做地放過罪魁禍首。無論是我，還是米德加王國，都有不能退讓的堅持……」
說著，愛麗絲怒瞪闇影。
「就算得以自己的性命交換，我也會阻擋闇影的行動。貝阿朵莉絲大人，請您趁這時解決掉他。」
「……知道了。我會配合妳。」
看到愛麗絲做好覺悟的態度，貝阿朵莉絲也答應和她同步行動。
兩人以充滿魄力的眼神和闇影相對峙。
「放馬過來吧……讓我看看妳們的奮力反抗。」
闇影將劍尖垂下，做出迎戰的架勢。
愛麗絲一邊慢慢逼近他，一邊窺探進攻的時機。
片刻後，場上只剩下雨聲和雷聲。
「至少，也要做出小小的反擊。」
一陣雷聲轟然作響的同時，愛麗絲採取行動了。
她逼近闇影，並舉起長劍瞄準他的頸子。
然而，闇影只是往後退了半步，便輕易從她的攻擊範圍中退出。判斷愛麗絲這一劍會揮空後，闇影移動到下個階段的動作。
不過，愛麗絲的劍伸長了。
她鬆開手中的劍，硬是將射程延長。

闇影也在瞬間改變自身的動作。他收回原本打算反擊的刀，轉而將愛麗絲的劍彈飛。
愛麗絲的反擊就到此為止了——看起來似乎是這樣。
但她壓低了身子，憑著衝過來的這股力道，伸長雙手撲向闇影的身體，企圖將他壓制住。
就算得以自己的性命交換，也要擋下闇影的行動——她的行動確實表現出這樣的氣魄。
闇影來不及閃開。
「真是精彩。」
下個瞬間，他的膝蓋直擊愛麗絲的臉。
儘管愛麗絲無從得知，但格鬥技可是闇影最擅長的領域。
愛麗絲癱軟跪地。
不過，她已經完成了自身的任務。
以膝蓋反擊的當下，闇影的動作有一瞬間是靜止的。
對她來說，這樣的瞬間已經綽綽有餘。
「喝啊！」
貝阿朵莉絲釋放出來的劍閃逼近闇影。
她使盡渾身的力量，以手中的長劍猛擊漆黑的刀身。
伴隨一陣驚人的碰撞聲，闇影的刀、手掌和手臂，全都被這股力道打飛。
他無力反擊。
絕佳的機會在這個瞬間降臨了。

貝阿朵莉絲使出她最俐落的追擊。
不過，闇影卻早她一步鬆開手中的刀。
他在轉瞬間的判斷後捨棄了漆黑刀刃，然後消失蹤影。
潛入貝阿朵莉絲的視野以外的地方。
「下面！」
他蹲低身子，以近乎匍匐前進的姿勢一把擒住貝阿朵莉絲的腰。雖然愛麗絲方才也試圖這麼擒拿闇影，但這個流暢又完美的動作，卻是她完全無法比擬的。
這樣的極近距離，讓貝阿朵莉絲無法揮下長劍。
闇影輕而易舉地將貝阿朵莉絲的身子舉起，再重重甩向地面。
「嘎哈！」
石子地板應聲碎裂。
肺裡的空氣被強行擠出。
然而，在這個瞬間，兩人的距離足以讓貝阿朵莉絲揮下長劍。
意識漸趨朦朧的她揮下手中的劍。
闇影絲毫不引以為意，只是將貝阿朵莉絲的身體舉高，再次將她甩向地面——然後在中途放開手。
斬擊揮空的貝阿朵莉絲，就這樣一頭撞上競技場的牆壁。
在一陣巨響後，她整個人嵌進競技場的牆裡。

接著，某個東西伴隨著劃破空氣的聲音從空中墜落。
被闇影伸手握住的那個東西──是漆黑的劍。
彷彿像是一切都在計算之中那樣……
閃電的光芒打亮了倒在競技場上的兩人身影。
即使貝阿朵莉絲和愛麗絲二打一，仍然傷不了闇影一根手指。目睹這般震撼的事實，所有人都嚇得目瞪口呆，無法相信自己的眼睛。
「……看來是結束了。」
朝倒地的兩人瞥了一眼後，闇影轉身。
「給……給我站住……」
這個嗓音讓他停下腳步。
「我……我還能繼續戰鬥……」
愛麗絲撐著無力的雙腳起身。
接著，貝阿朵莉絲也撥開壓在身上的瓦礫爬了起來。
「我也……」
再次站起來的兩名劍士。
然而，闇影只是朝這樣的她們瞥了一眼，便轉頭離去。
「給我站住！你想逃走嗎？」
愛麗絲的這句話讓闇影再次止步。

「……逃走？」

下個瞬間，競技場被染上一整片藍紫色。

「啥……？」

「唔！」

壓倒性強大的魔力洪流。

這樣的魔力洪流從闇影的體內溢出，呈螺旋狀不停打轉。

就連雨點都被這樣的魔力吞噬而消失。

「難道……不會吧……這是真的……？」

「這樣……打不過。」

面對眼前這股超乎想像的強大力量，貝阿朵莉絲和愛麗絲只能茫然杵在原地。

倘若闇影驅使這股力量，想必能將整座競技場夷為平地。

無論是愛麗絲、貝阿朵莉絲或其他觀眾，在這股力量之前，都一律是無力的存在。

「我逃走的必要在哪裡……？」

沒有人——能夠阻止他。即使百般不願，眾人仍被迫理解了這樣的事實。

「為什麼……？」

愛麗絲以顫抖的嗓音問道。

「既然你擁有這般強大的力量……應該隨時都能殺了我們才對。」

「……我的目的已經達成了。我對妳們的小命不感興趣……吾等必須宰殺的，只有吾等的敵人而已……」

闇影朝愛麗絲一瞥後，將魔力聚集於刀身上。

「真正的敵人究竟是誰……可別錯看了。」

接著，他將藍紫色的魔力釋放至空中。

炫目的光芒將整座競技場、王都和天空都染成藍紫色，也颳走了烏雲。

待光芒消失，剩下的是一片晴朗的藍天。

場上已經沒了闇影的蹤影。

烏雲、雨點、閃電和闇影……全都像是一場夢境那樣消失了。

「別錯看了真正的敵人……闇影，你究竟是……」

愛麗絲抬頭仰望萬里無雲的天空，輕聲複誦闇影最後留下的那句話。

他的目的為何……？真正的敵人指的又是……？

一道巨大的彩虹橫越了天空。

蘿絲在雨中不停奔跑。

不知該前往何處的她，只是一味地向前跑，而雨也在不知不覺中停歇。

她來到了一座森林之中。

來自上方的陽光，從被雨水打濕的林木縫隙間透了進來。

蘿絲倚著樹幹癱坐下來，調整自己急促的呼吸。

各種思緒在她腦中交錯。父親、祖國，以及今後該何去何從……

這些問題在腦子裡錯綜複雜地打轉，讓蘿絲的心情遲遲無法平靜。

無論動機為何，她都是殺害了奧里亞納國王的重罪犯。蘿絲並不打算否認這一點，也已經沒有以死來逃避相關責任的念頭。

殺害父王的責任，以及身為公主的責任，她都打算一肩扛下。

然而，這些責任實在過於沉重。

愈是深入思考，蘿絲愈是不安到渾身打顫。

責任和沉重的壓力，逐漸將她的覺悟與信念壓垮。

她還能繼續戰鬥。必須繼續戰鬥才行。然而，才十七歲的一個小丫頭，到底又能做些什麼呢……

蘿絲垂下頭，將臉埋在雙腿上。

然後整個人不停微微地顫抖。

直到陽光被染成橘紅色之前，她一直維持著這樣的狀態。

「走吧……」

她像是試著說服自己那樣起身。

蘿絲不知道自己該何去何從。

儘管如此，她仍必須持續前進。

就在她抬起頭，準備朝前方邁出步伐的時候——

「妳現在有兩個選擇。」

一道動人的嗓音從背後傳來。

「！」

蘿絲轉身，發現一名身穿漆黑小禮服的精靈出現在那裡。

她有著一頭金髮、一雙藍眼，以及宛如雕像般細緻美麗的面容。

「妳是……阿爾法……」

阿爾法雙手抱胸，露出妖豔的微笑。

「是要獨自奮戰，或是跟我們並肩作戰……做出選擇吧。」

「跟你們一起……？」

蘿絲的敵人和「闇影庭園」的敵人相同。

然而，就算擁有相同的敵人，也不見得就能夠一起戰鬥。

但蘿絲剩下的選擇很少，也是不爭的事實。

追兵想必馬上會趕過來吧。倘若打算獨自戰鬥，就得先找地方藏身。她恐怕只能先躲到深山裡一陣子……不，也可以前往無法治都市。

現在，蘿絲是殺害了奧里亞納國王的重罪犯。就算逃進無法治都市裡，恐怕也會被想撈一筆懸賞金的人追殺。

「你們有辦法拯救奧里亞納王國嗎？」
「端看妳的表現。現在的我們，不會為了妳而採取任何行動。想拯救祖國的話，就展現出相對應的價值吧。」
「價值……？」
「妳的價值……以及奧里亞納王國的價值……」
「展現出相對應的價值，就能拯救奧里亞納王國了嗎……？」
「我們擁有能夠這麼做的力量。」
阿爾法的回應全都十分簡短。她不過是來這裡提供選擇權給蘿絲罷了。
她不會指引蘿絲前行的方向，也不會對她伸出救贖之手。
能夠導出答案的，只有蘿絲自己。
「……殺手先生……不對，闇影……是妳們組織的領導人嗎？」
「……沒錯。」
在蘿絲年幼時救了她一命，至今仍持續和惡勢力對抗的他的身影，此刻再次於腦中復甦。
最後，蘿絲選擇走上相信他的那條道路。
「……我在此立誓，未來將與你們並肩作戰。」
「是嗎？歡迎妳。跟我來吧。」
以不帶任何感情起伏的嗓音這麼表示後，阿爾法便走向森林深處。
「可以請問妳一件事嗎？」

跟在阿爾法後頭的蘿絲開口。

「可以。」

「闇影究竟是何方神聖……？」

從年幼時期，便持續與惡人戰鬥至今的強大靈魂，以及足以毀滅一切邪惡的壓倒性力量。無論是他強大力量的祕密、信念或出生背景，都無人知曉。他是個被重重迷霧籠罩的存在。

「想知道的話，就試著取得他的信任吧。」

「信任……」

「倘若能證明自己是值得信任的存在，總有一天，妳會明白一切……」

接著，兩人都沒有再度開口，只是沉默地在森林中繼續前進。

她們踏進了連日光都透不過的濃濃迷霧中。

「這裡難道是……」

「這裡是深淵森林。」

蘿絲不確定這座森林位於何處，只知道傳說中一旦踏入，就不可能再離開。

阿爾法明明就走在前方，蘿絲仍有種一不小心就會跟丟她的錯覺。

這片藍紫色的霧氣滿溢著高濃度的魔力，不停擾亂著蘿絲的感官知覺。

「這片濃霧是魔龍呼出來的氣息喲……」

「魔龍……」

雖然偶爾會聽聞有人目擊的情報，但近百年以來都不曾出現討伐紀錄，宛如傳說中存在的魔龍。

「過去，造訪這塊土地的他，曾和『迷霧魔龍』大戰一場。」

「他……？」

「當時仍年幼的他，儘管打倒了魔龍，卻無法徹底毀滅牠。魔龍認可了他的力量，朝著他呼出自己的氣息。」

這片藍紫色的神祕濃霧，是魔龍呼出來的氣息……

「這片霧氣有著劇毒。」

這句話讓蘿絲整個人一顫。

「所以，不要離開我。要是跟我離得太遠，妳馬上會死喲。」

「我明白了……」

兩人在濃霧中前進了片刻後，眼前的景色突然一下子變得清晰開闊。

「這裡是……」

沐浴在陽光之下的一座白色古城。

「被迷霧魔龍毀滅的古代王都亞歷山德利亞。這裡就是我們的據點。」

古代王都亞歷山德利亞——蘿絲過去曾在書中看過這個名字。

這裡是個書本裡的文字絕對不足以描述的美麗都市。

王都周遭有著大片的農地，不曾見過的作物在那裡結實纍纍。好幾名少女正在努力收割。

「她們在收割可可呢。那是巧克力的原料。妳有一天也會負責這樣的工作。」

「那就是巧克力的原料……難不成，四越商會是『闇影庭園』的……？」

阿爾法笑而不答。

目前，巧克力仍是四越商會獨占的商品。無論原料或做法，外部人士一概一竅不通。

兩人穿越城門，來到了王城內部。

「拉姆達在嗎？」

「屬下在此。」

在阿爾法開口後，一名女子現身，朝她單膝跪地。

「她是新人。好好訓練她吧。」

「屬下遵命。」

「先展現自身的力量吧。是妳的話，一定馬上能開拓出自己的道路……」

對蘿絲這麼說之後，阿爾法便離開了。

只剩下蘿絲和被喚作拉姆達的那名女子留在原地。

拉姆達是一名灰髮金眼、膚色黝黑的精靈族人。隔著一身黑色戰鬥裝束，可以看出身材高挑的她，有著結實而圓滑的肌肉曲線。

她的眼神相當犀利，雙唇豐厚而性感。

「我是拉姆達教官。跟我過來。」
「是。」
蘿絲跟著拉姆達來到王城後方。
那裡有許多少女正在進行鍛鍊。
「好厲害……」
只看一眼，蘿絲便明白聚集在這裡的，個個都是實力高強的人物。
「六六四號、六六五號！」
「是！」
「在！」
聽到拉姆達的呼喚後，兩名少女從集團中奔跑過來。
她們分別屬於精靈族和獸人族。
「您找我們嗎，教官！」
精靈少女這麼吶喊，獸人少女則是在一旁立正站好。
「這是新人。我要把她編入妳們的分隊。」
「了解！」
「六六六號，給我脫。」
「咦？」
蘿絲無法理解拉姆達這番話的意思。

「六六六號，我就是在說妳。在這裡，代號就是妳的名字。」

「我是……六六六號……」

「知道了就趕快脫。」

「咦？」

「別讓我說第二次！」

下一刻，蘿絲的衣服被撕裂成碎片。

那是在一瞬間使出的俐落動作。

蘿絲的肌膚完全坦露在外。

「妳……妳做什麼！」

為了遮掩自己的裸體，蘿絲蹲下來縮成一團。

「從今天開始，妳只是一隻蛆蟲。妳再也不是任何人了。捨棄自己的名字！還有衣服！捨棄一切，成為一名純粹的士兵吧！」

說著，拉姆達將一團黑色物體扔向蘿絲腳邊。

那是彈力十足的黑色史萊姆。

「六六四號！好好教這隻蛆蟲怎麼使用那玩意兒。」

「是！」

「嗯？這是什麼？」

一小片紙張從蘿絲被撕裂的衣物殘骸中飄出。

拉姆達教官將其拾起，高舉在蘿絲面前。
「那是……！」
那是蘿絲從席德那裡收到的禮物——「鮪當勞」的三明治包裝紙。
這個瞬間，她心中壓抑已久的思念，也跟著傾洩而出。
對蘿絲而言，這是她的初戀。
在大會中跟他對戰、在恐攻事件中被他救了一命，還跟他兩個人去旅行。
這些都是蘿絲無可取代的珍貴回憶。
直到一星期之前，蘿絲都還編織著跟他共度此生的美夢。
然而，蘿絲已經回不去了。
兩人的前行之路，此後將不再有交集。
「妳那是什麼表情？我說過要妳捨棄一切了吧！」
包裝紙在蘿絲面前無情地被削成碎片。
殘破的紙屑乘著風飛向高空。
那是她再也無法實現的美夢的殘骸……
斗大的淚珠從蘿絲的眼眶溢出。

Not a hero, not an arch enemy,
but the existence intervenes in a story and shows off his power.
I had admired the one like that, what is more,
and hoped to be.
Like a hero everyone wished to be in childhood,
"The Eminence in Shadow" was the one for me.
That's all about it.

The Eminence in Shadow

I can't remember the moment anymore.
Yet, I had desired to become "The Eminence in Shadow"
ever since I could remember.
An anime, manga, or movie? No, whatever's fine.
If I could become a man behind the scene,
I didn't care what type I would be.

The Eminence in Shadow
Volume Two
Appendix

補遺

Beta

「闇影籠罩的世界。
沒有月光的這個夜晚，
和我們再相稱不過了呢。」

（姓名）貝塔
（性別）女
（年齡）15

「七影」的次席。
是這個世上最狂熱的闇影信徒，
撰寫《闇影大人戰記完全版》
是她的生存意義。
該作品經常出現過度美化，
或是加油添醋過的內容。
她發揮自己的文學才能，
以筆名夏目成為作家活躍著。
代表作為《羅米歐與裘麗葉》、
《魔履奇緣》和《小赤帽》等。

Gamma

（姓名）伽瑪
（性別）女
（年齡）17

「我在此恭候大駕已久，
吾主。」

= Ganma

「七影」的第三席。闇影庭園的軍師，也是內政中樞。
檯面上以四越商會的會長露娜的身分為人所知。
和優秀的頭腦相反，她是相當嚴重的運動白痴，
戰鬥能力也是「七影」之中最弱的。
一心嚮往跟闇影並肩作戰而每天努力鍛鍊，
但這些付出看來很難獲得回報。

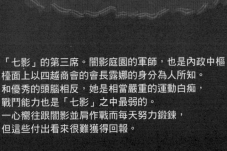

「為了幸福的未來一起努力吧」。

（姓名）蘿絲・奧里亞納

（性別）女

（年齡）17

= Rose Oriana

藝術之國奧里亞納王國的公主。
年幼時期曾遭人綁架，
因為憧憬當時搭救自己的劍士，
決定前往米德加魔劍士學園留學。
擔任學生會長，且是細劍好手，
甚至被譽為學園最強。
被席德挺身救自己的行為打動，
因此墜入情網。
有著死心塌地的個性，
每天滿腦子想的都是席德。

Annerose

（姓名）安妮蘿潔
（性別）女
（年齡）21

「我就承認吧，
你真的很強。」

= Annnerose

貝卡達帝國的女騎士。
原是名列貝卡達七武劍的優秀魔劍士，
但她捨棄了這樣的地位踏上修行之旅。
為了小試身手而參加「武心祭」
並一路過關斬將，但被吉米那·賽涅輕易打敗，
同時為他深不可測的實力感佩不已。
為了追上這樣的吉米那，
她再次踏上修行之路。

闇影大人戰記
完全版——第二集

作者：貝塔

為了查明迪亞布羅斯教團隱藏在聖域裡的祕密，闇影庭園出動了。另一方面，在同一時刻，闇影大人也以米德加魔劍士學園的學生席德的身分潛入聖域。在跟小說家夏目命中註定的相遇後，闇影大人決定以自己的做法介入這場行動。

一年只會敞開一次的聖域大門開啟，「女神的考驗」跟著開始。在伺機行動的我們面前，一名美麗的漆黑戰士降臨——是闇影大人！會場陷入一片慌亂時，聖域感應到闇影大人的存在而召喚出來的古代戰士，竟是「災厄魔女」歐蘿拉。力量能夠與闇影大人匹敵的人物，想必於歷史上也不存在吧。不過，真要說的話——歐蘿拉或許就是那屈指可數的人物之一。然而——她依舊不是闇影大人的對手。面對闇影大人壓倒性的實力，她只有被打倒的份。看在觀眾眼裡，這場對決或許在轉瞬之間就結束了。但我看到了。看到那兩人之間超高水準的拉鋸戰。能跟闇影大人幾乎打平手的強者，這個世上到底存在幾個呢？我應該做不到吧。

「災厄魔女」歐蘿拉同時也是解開聖域謎底的關鍵。闇影大人是預測到這樣的事態發展，才會讓聖域召喚歐蘿拉，並將她擊倒，好讓聖域大門開啟。託闇影大人的福，我們比想像中更輕易地踏入了聖域，也在那裡目睹到令人錯愕的真相——在看穿聖域的危險性和防衛能力後，阿爾法大人立誓總有一天，要斷絕聖域的力量來源，然後率領眾人戰略性地撤退。

不過，這一切都在闇影大人的計畫之中。闇影大人悄悄潛入了聖域中心，在那裡選擇了最簡單，也最踏實的解決方式。那就是——以最強的一擊讓聖域從這個世界蒸發。能夠做到這種事的世上僅有一人——就是闇影大人。面對闇影大人超乎常理的力量以及優異的判斷能力，我們佩服得五體投地。得知闇影大人只消一晚便讓整個聖域消失，教團想必會錯愕不已吧。又或者會氣到面紅耳赤呢？在闇影大人面前，教團根本和無力的嬰孩沒有兩樣！

聖域消失後，米德加王國的「武心祭」開始了。因為王都的商會和奧里亞納王國紛紛出現了不太平靜的跡象，闇影庭園原本沒打算介入「武心祭」。不過，闇影大人卻打算以隱藏真實身分的方式參加「武心祭」。闇影大人想必是察覺到什麼只有他才能察覺的事情了吧。隨後，他的預感成真。原本預定參加這場大會的蘿絲．奧里亞納，在刺傷自己的未婚夫後消失蹤影。她的失蹤和迪亞布羅斯教團之間想必存在著某種關連。後者八成企圖在「武心祭」上做些什麼。

逃進地下道藏身的蘿絲．奧里亞納，被優美的鋼琴旋律引導至古老教堂。在神祕光芒灑落的那個地方，她和演奏著《月光》的闇影大人相遇了！闇影大人的優秀之處，不僅是他過人的力量，就連頭腦和藝術細胞都是超級一流！宛如出自神之手的演奏，讓蘿絲感動得全身打顫、眼眶泛淚！在那裡，闇影大人治好了侵蝕蘿絲的疾病，並指引她前行的方向。就像我們當初為他所拯救那樣……

之後，闇影大人在隱藏實力的狀態下，在「武心祭」中不斷取勝。看穿了教團企圖的他，想必是在等待採取行動的時機吧。他撂倒前貝卡達七武劍的一員，就連米德加王國最強的魔劍士愛麗絲．米德加，都不敵闇影大人壓倒性的實力。這個時候，蘿絲在競技場上現身。她在眾目睽睽之下，刺殺了自己的父親奧里亞納國王。事後我才得知，教團似乎企圖利用淪為傀儡的奧里亞納國王，下手暗殺米德加國王。讓奧里亞納王國和米德加王國的關係破裂，在米德加王國因王位繼承者的問題而紛紛擾擾時，乘隙潛入國內……很像教團的做法。不過，在蘿絲刺殺奧里亞納國王後，教團的計畫也跟著泡湯。教團同時失去了奧里亞納國王這個傀儡，以及多艾姆的未婚妻蘿絲。這一切都如同闇影大人的預測。雖然這麼做有些嚴苛，但闇影大人讓蘿絲選擇自己所應前進的道路。彷彿那條布滿荊棘的道路，才是能讓奧里亞納王國存續下去的唯一一條路……

為了讓蘿絲順利逃走，闇影大人擋住了追兵的去路。他撂倒多艾姆的私人部隊，又和「武神」貝阿朵莉絲交手。在場的所有人，想必都對貝阿朵莉絲的勝利堅信不疑吧。不過，站上劍技頂點的人——是闇影大人。就連「武神」貝阿朵莉絲都為闇影大人的劍感動不已，並在完全無計可施的情況下敗北！闇影大人在離去前釋放的那一擊，驅趕了空中的烏雲並停歇雨勢。在場的所有人，想必畢生都會記得這一天的光景吧。明白了嗎！這就是闇影大人的實力啊！

下一回的闇影大人戰記完全版第三集！

真祖吸血鬼即將在無法治都市復活？得知過去曾撼動全世界的傳說吸血鬼即將復活，闇影大人終於也採取了行動！

四越商會與大商會聯盟正面衝突！在人氣直直攀升的四越商會和大商會聯盟一決雌雄的背後，闇影大人支配了所有的一切！

敬請期待闇影大人的活躍事蹟！

後記

POSTSCRIPT

非常感謝各位閱讀了《我想成為影之強者！》第二集。

託大家的福，第二集才能夠順利出版！我在此表達內心最誠摯的感謝。

或許有的讀者已經知道了，但容我向各位報告。

《我想成為影之強者！》的漫畫版開始在《月刊Comp Ace》上連載了。負責繪製的是坂野杏梨老師。

只憑文字難以描述的內容，都被漫畫版完美地補足了。如果大家也能看看漫畫版，我會很感激。

好的，來聊聊完全無關的話題吧。我最近在考慮做鬍子的永久除毛。

我的鬍子並不會特別濃密。感覺上或許比一般人更稀疏一些吧。

雖然沒有濃密到必須去做永久除毛，但想到每天都必須花上兩分鐘刮鬍子，總覺得乾脆下定決心去做除毛好了。

從一天二十四小時來看的話，這短短兩分鐘或許算不上什麼。可是，如果換算成一整年的時間，我就一共耗費了十二小時在刮鬍子。假設我持續刮了五十年的鬍子，就等於這一輩子得花上六百小時刮鬍子。大家怎麼看這一段時間呢？

我的感想是「其實也無所謂」。對不起，比起一生中的六百小時，我只是單純覺得刮鬍子這項作業很麻煩而已。

因此，我近期打算去做鬍子的永久除毛。先針對多餘的部分進行除毛，讓新長出來的鬍子比較整齊有型。這樣一來，刮鬍子的時候就會輕鬆一些，而且就算沒刮，也不會給人邋遢的感覺。之後再看狀況做進一步的決定。

最後，是表達感謝的時間。

在實體書出版業務上全方位支援我的責編大人。描繪出超讚插圖的東西老師。以精緻的設計讓本書更增添一份色彩的BALCOLONY.的荒木大人。以及為我加油打氣的各位讀者。真的非常、非常感謝各位。

那麼，我們第三集再會吧！

逢沢大介

作者
逢沢大介
第二集順利出版了。第三集也請各位多多指教！

插畫
東西
不才敝人年紀尚輕，沒什麼東西好說。只有繼續磨練一途。

國家圖書館出版品預行編目資料

我想成為影之強者! / 逢沢大介作 ; 咖比獸譯. --
初版. -- 臺北市 : 臺灣角川, 2020.06
冊 ; 公分. -- (Kadokawa fantastic novels)
譯自 : 陰の実力者になりたくて! 2
ISBN 978-957-743-825-6(第2冊 : 平裝)

861.57 109005105

Kadokawa
Fantastic
Novels

我想成為影之強者！ 2

（原著名：陰の実力者になりたくて！ 2）

2020年6月8日　初版第1刷發行
2023年2月24日　初版第5刷發行

作　者：逢沢大介
插　畫：東西
譯　者：咖比獸

發行人：岩崎剛人
總編輯：蔡佩芬
副主編：楊鎮遠
美術設計：宋芳茹
印　務：李明修（主任）、張加恩（主任）、張凱棋

發行所：台灣角川股份有限公司
地　址：104台北市中山區松江路223號3樓
電　話：（02）2515-3000
傳　真：（02）2515-0033
網　址：www.kadokawa.com.tw
劃撥帳戶：台灣角川股份有限公司
劃撥帳號：19487412
法律顧問：有澤法律事務所
製　版：尚騰印刷事業有限公司
ＩＳＢＮ：978-957-743-825-6